: mairisch verlag

Schreiber

Lisa Kreißler

Blitzbirke

Roman

mairisch verlag

E-Book »Blitzbirke«
Kostenloser Download unter:
http://blog.mairisch.de/blitzbirke
Passwort: p8zw6bm7a

[mairisch 43]
1. Auflage, 2014

www.mairisch.de

Lektorat: Daniel Beskos, Peter Reichenbach
Korrektorat: Annegret Schenkel | www.korrektorat-schenkel.de
Umschlaggestaltung: Carolin Rauen | www.carolinrauen.com
Foto der Autorin: Patrick Eicke

Druck: freiburger graphische betriebe

Printed in Germany
ISBN der Buch-Ausgabe: 978-3-938539-30-9
ISBN der E-Book-Ausgabe: 978-3-938539-88-0

Für Ute und Bodo

Im Zug. HANS trägt eine Seemannskappe, raucht Pfeife. ICH schaue ihn an. Neben UNS eine MUTTER mit ihrem Sohn, der als SEERÄUBER verkleidet ist.

SEERÄUBER *zur MUTTER:* Du sitzt neben einer Frau und ich sitze neben einem Mann; und dieser Zug ist mein Schiff.

MUTTER: Ja.

SEERÄUBER: Ihr seid alle meine Gefangenen, aber ihr braucht keine Angst zu haben.

MUTTER: Ja.

SEERÄUBER: Den Säbel benutze ich nur im Notfall, wenn einer nicht richtig hört, oder wenn feindliche Schiffe kommen. Seht ihr da oben, die Friedensflagge, weiß, ganz weiß.

MUTTER: Ja.

SEERÄUBER: Olaf habe ich abgemurkst. Es musste sein. Er wurde zu frech.

MUTTER: Vincent, sei mal still.

SEERÄUBER: Schhhh! Nichts sagen! Sonst muss ich euch doch knebeln und fesseln und unter Deck bringen lassen. Genießt die frische Luft hier oben, die Ruhe, solange sie noch währt. Die Möwen sind schon ganz unruhig, hört, *eine Möwe imitierend:* Ahhh, Ahhh, Ahhh! Da braut sich was zusammen. Morten, gib mir mal das Fernglas! *Formt die Finger vor den Augen zu zwei Gucklöchern, drückt sie gegen die Fensterscheibe.* Oh Gott! Schiff in Sicht! Sie kommen! Sie wollen sich rächen. Sie segeln aus Luv! Kreuzen, Männer, kreuzen!

Der SEERÄUBER springt auf dem Sitzpolster auf und ab.

MUTTER: Schluss jetzt, Vincent!

SEERÄUBER: Die Gefangenen unter Deck. Los, runter mit euch!

MUTTER *zu UNS:* Entschuldigen Sie!

SEERÄUBER *zu HANS:* Dich brauchen wir hier oben. Du bist ein Kannibale! Ein bisschen blass bist du. Zeig mal deine Zähne.

HANS schaut den SEERÄUBER ernst an, ohne den Mund zu öffnen.

SEERÄUBER: Der kann unsere Sprache nicht. Z E I G M A L D E I N E Z Ä H N E! Haifischzähne, wusst ich's doch. Ich töte die Barbaren, und du frisst sie auf.

MUTTER: Vincent!

LAUTSPRECHER: Nächster Halt: Lemmie.

SEERÄUBER: Ahhhhh! Habt ihr das gehört? Olafs Leute sind schon da! Ausfieren, Männer, ausfieren!

MUTTER führt den SEERÄUBER aus dem Abteil.

HANS und ICH lächeln uns zu. Dann schauen WIR aus dem Fenster.

HANS: Guck dir das an! Diese Zuglandschaften. Felder, Krähen, ein Mensch mit Hund.

ICH: Komisch, wenn da auf einmal ein Mensch auftaucht. Alles sieht immer so unbewohnt aus, als wären diese Landschaften extra für die Sicht aus dem Zugfenster entworfen.

HANS schweigt.

ICH: Und irgendwo da hinten segeln die Barbaren.

HANS schweigt.

ICH: Als Kind habe ich mir immer vorgestellt, dass der Acker vor unserem Haus die Nordsee ist.

HANS schweigt.

ICH: Hans?

HANS schaut MICH an.

ICH: Warum trägst du eigentlich diese Mütze? Ist das ein Accessoire oder bist du wirklich mal zur See gefahren?

LAUTSPRECHER *knackt:* Liebe Fahrgäste! So was Schönes! Gucken Sie sich das mal an! So was kriegt man nicht alle Tage zu sehen. Das ist der schönste Regenbogen, den ich seit 1996 gesehen habe. *Lachen.* Unglaublich! *Es knackt.*

*

Die Türen öffnen sich, und Hans springt aus dem Zug.

»Was für ein Wind!«, höre ich ihn rufen.

Ein einziger tiefer Atemzug genügt, um seinen Körper nach der langen Reise wieder aufzurichten. Er atmet ein und sein Rücken wird gerade, der Oberkörper faltet sich auf, er streckt die Knie durch und von hier, aus dem Schatten im Innern des Zuges, sind seine schwarzen Stiefel nicht zu unterscheiden vom Asphalt. Der Wind kräuselt Hans' Vollbart, sein blondes Haar, er strafft ihm die Haut und wischt ihm den Staub von den Lidern.

Ich bemühe mich um einen ungerührten Ausdruck, was ganz unnötig ist, weil Hans ja gar nicht mich anschaut, sondern nur Augen für den Wind hat.

Er steht direkt vor dem Pfeiler, an den, viel zu hoch, ein altmodisches Holzbrett genagelt ist. Aus dem geschlossenen Zug kann ein Reisender das Brett nur sehen, wenn er sein Gesicht hart gegen das Fensterglas drückt und die Augen drastisch Richtung Himmel verdreht. Ein einzelner Buchstabe nur, ein riesiges O, ist dort tief in groben Zügen ins Holz geschnitzt.

Aha, würde der Reisende denken, O; und kein Dorf sehen, nur eine Autobahn. Der Reisende würde sich am Kopf kratzen: Was soll das denn bitte schön bedeuten? O? Und plötzlich würde dem Reisenden das Herz zu rasen beginnen, seine Hände würden zittern, und ein inniger Wunsch würde ihn in leichten Schwindel versetzen, der Wunsch nämlich, dass der Zug doch bitte schnell, ja jetzt sofort, weiterfahren möge.

Als die Tür zu piepen beginnt, streckt sich mir von draußen eine Hand entgegen. Hans lächelt feierlich, als wäre es kein Regionalzug, aus dem er mich auszusteigen bittet, sondern eine eigens für uns gefertigte Kutsche.

Ich setze also den ersten Fuß auf heimatlichen Grund, setze den zweiten gleich daneben. Und es packt mich nicht nur der Wind, nein, Hans packt mich, er hält mich fest im Kuss, während das Tosen der Autos in Richtung Dortmund, während das Tosen der Autos in Richtung Berlin mir das Lied der Unrast in die Ohren stößt: zzzzzzzzzzzzzzzzzzzzzzzzzzzzzz
zzzzzzzzzzzzzzzzzzzzzzzzzzzzzzzzzzzzzzzzzzzzzzzzz
zzzzzzzzzzzzzzzzzzzzzzzzzzzzzzzzzzzzzzzzzzzzzzzzz
zzzzzzzzzzzzzzzzzzzzzzzzzzzzzzzzzzzzzzzzzz

»Du bist in einem Autobahndorf groß geworden?«, flüstert Hans ganz dicht an meinem Mund. Sogar sein Atem riecht nach Terpentin. Ich schiebe ihn ein Stück von mir weg, sodass ich seine Augen sehen kann: »Nein!«, antworte ich, und der Protest löst sich krächzend von meinen Stimmbändern, als hätte Hans mich durch den Kuss gerade eben aus einem langen Schlaf geweckt. »Es ist kein Autobahndorf.«

Er lacht, dann beruhigt sich sein Gesicht, und eine kompromisslose Strenge geht von ihm aus. Ohne zu blinzeln starren wir uns an. Für Dritte muss das aussehen, als wollten wir einander hypnotisieren oder als kämpften wir etwas aus. Hans' Augen sind unwirklich sauber; die Iris: ein Licht bündelndes sehr helles Blau, der Blick: kraftgeadelt. Als er mich zum ersten Mal so angesehen hat, kam mir die Farbe seiner Augen derart übertrieben vor, dass ich nicht wusste, ob ich das als Einladung auffassen sollte oder als Bedrohung.

Je länger ich ihn anschaue, desto weniger kann ich sehen. Um ihn herum verlieren sich alle Konturen. Ein verwaschenes Irgendwo schließt uns ein. Hans. Mir wird der Kopf ganz heiß, Hans, und wie knistert es in meinem Innern, wenn ich in deine Augen seh'.

Ich verlasse den Bahnsteig über den Grünstreifen, ein Schritt, zwei Schritt, drei Schritt, vier. Hans folgt mir. Vom Rasen auf den Staubpfad neben der aufgebrochenen schlaglochversehrten Straße, die an den Gleisen entlangführt. Ich höre seine Schritte laut und deutlich hinter mir, obwohl der Boden sandweich ist und meine eigenen Schritte nicht zu hören sind. Der rote Zug schwebt an uns vorüber; schon sehen wir nur noch seine Rücklichter, schon werden auch sie vom schwarzen Loch verschluckt.

Ich gehe langsamer, lasse mich so weit zurückfallen, bis Hans neben mir auftaucht. Links, rechts, links, rechts, links, rechts, links. Ich versuche seine Schritte nachzuahmen, aber es gelingt mir nicht.

Hans schaut rüber zum Rasthof, dem sich seit ein paar Jahren ein wachsender Industriepark aufdrängt. Neben dem Fast-Food-Restaurant und einer Tankstelle verspricht eine Gruppe fensterloser Wellblechkästen ganz andere Vergnügen. Eine Werbesäule leuchtet den Heranfahrenden mit Geldstücken für die Spielhölle, mit bestrumpften Schenkeln für Beate Uhse, mit einem blauen Pferdekopf für den Reitausstatter entgegen. Es stehen nur wenige Autos in dem frisch hingemalten Parkbuchtgitter davor; niemals sieht man jemanden rein- oder rausgehen.

Hans ist mir längst ein gutes Stück vorausgelaufen. Gleich hat er das schwarze Loch erreicht.

So entschieden bläst es uns entgegen, dass ich mich leichtfertig in den Wind legen kann, als ich mich von der Autobahnunterführung schlucken lasse. Das Tosen über unseren Köpfen zerschlägt jeden übrigen Laut. Kein Schritt mehr zu hören, kein Atem, kein Hall. Obwohl ich diesen Weg schon tausend Mal gegangen bin, übermannt mich die Unruhe hier unten wie etwas Neues, nie Erfahrenes. Meine Beine fangen an zu zittern. Es sticht in meinen Schläfen. Ich kann kaum noch etwas sehen. Im grauen Licht der Grenzzone zerfließt Hans' Körper zu einer grobkörnigen, huschenden Form, die in weiter Ferne vor mir herwabert, die auf das Licht zuhält.

Man kriegt die Augen kaum auf. So schrecklich hell ist es hier drüben, auf der anderen Seite der Autobahn. Ich blinzele vorsichtig, ganz vorsichtig, und ins Auge sticht mir unser Haus. Ein stählernes Baugerüst flankiert die Fassade. Helle Holzlatten verdecken zu zwei Dritteln den wetterverwirkten grauen Putz. Ein Teil der Latten hat den blauen Anstrich bereits hinter sich.

Das war Oskars Außenprojekt für diesen Sommer: das bröselnde Steinhaus in ein taubenblaues Holzhaus zu verwandeln. Doch da hat der Unfall ihm einen Strich durch die Rechnung gemacht. Oskar wird sich den Winter über mit dieser halb fertigen Variante begnügen müssen. Er wird sich vorstellen, wie hübsch das Haus in Zukunft aussehen könnte, gleichzeitig aber immer noch vor Augen haben, wie schonungslos die vielen Jahre an der Fassade genagt haben.

Auf den Feldern vor dem Dorf wird in diesem Jahr Weizen angebaut. Dicht gedrängt und schwer beladen warten die Ähren darauf, geschnitten zu werden. Die Ernte ist überfällig. Wahrscheinlich hat es zu viel geregnet in den vergangenen Tagen.

Hans hat seine Tasche auf die Straße fallen lassen und rennt jetzt, die Seemannskappe schwenkend, hinein ins hohe Korn.

»Komm!«, ruft er und ist schon im Weizen ertrunken, »komm!«

Aber ich, ich stehe stocksteif: Dort hinten an der Feldkante, nicht weit von unserem Haus, biegen zwei Gestalten um die Ecke. Ich kann nur Farben und Umrisse erkennen, doch mein plötzliches Herzrasen verrät mir sofort, wer es ist. Vorneweg läuft Mama, ihr hinterher Füchschen. Hastig nähern die zwei sich dem Treppenaufgang, nehmen die fünf kleinen Stufen zur Tür hinauf und sind in Windeseile in unserem Haus verschwunden.

★

Am Küchentisch. MAMA und ICH sitzen HANS gegenüber. HANS isst.

ICH: Faszinierend.

MAMA: Wo der das alles lässt.

ICH: Hast du schon mal jemanden so viele Eier essen sehen?

MAMA: Wie viele warn's denn?

ICH: Sieben! Sieben Eier!

MAMA: Nein, aber ich mache mir auch eher Sorgen wegen der Bohnen. Die sind ja nicht für jeden so leicht verdaulich.

ICH: Und der ganze Speck!

MAMA: Und die vielen Zwiebeln! Ist ihm denn überhaupt nicht schlecht?

ICH: Nein, hör doch, wie er schmatzt!

HANS *schaut von seinem Teller auf. Eigelb tropft ihm vom Bart. Die Backen sind vollgestopft, seine Lippen fettig:* Man spricht nicht in der dritten Person über anwesende Leute.

»Entschuldigung!«, sagt Mama. »Es ist einfach nur so faszinierend, wie viel du essen kannst.« Während sie Hans noch mehr Fitzebohnen auf den Teller hebt, ihm dabei ermutigend zunickt, schmuggele ich Füchschen ein paar Würfel Speck unter den Tisch. Zaghaft kitzelt ihre Zunge über meine Handfläche, dann lässt sie sich auf meinen Füßen nieder – endlich.

Ihr Begrüßungsbellen und die schwanzwedelnde Aufregung, die unser Erscheinen in ihr ausgelöst hatte, war kaum zu stoppen gewesen. Ich habe sie gestreichelt, sie geküsst, ihr alle Aufmerksamkeit geschenkt, mich sogar mit ihr auf dem Küchenboden gewälzt, ihr die Tür zum Garten aufgesperrt, sie wieder geschlossen, aber Füchschen ließ sich nicht beruhigen. Sie musste immer weiter bellen, fiepsen, rennen, hecheln, rennen und quietschen, bis ihr endlich, wir sitzen sicher schon eine Stunde hier, die Puste ausgegangen ist.

Ich kann den Rhythmus ihres Herzschlags auf meinem Spann fühlen. Auch wenn sie jetzt stillhält, tobt es noch in ihr.

»Sie war scheinschwanger«, sagt Mama, »deshalb ist sie gerade so verrückt.«

Das mag stimmen; und trotzdem ist ihr Verhalten verdächtig.

»Wie geht's dir denn, Mama?«

»Gut«, antwortet sie eilig und wendet sich wieder Hans zu.

Rein gar nichts deutet darauf hin, dass die zwei sich vor einer Stunde erst kennengelernt haben. Mama und Hans freuen sich übereinander wie alte Freunde, die sich nach Jahren der Kontaktlosigkeit an einer Straßenecke in einer gottverlassenen Stadt über den Haufen rennen, die sich nach dem Zusammenprall kurz fluchend die Köpfe reiben, um den andern dann, mit großen Augen, in seinem ganzen schwer vermissten Wesen zu erkennen: »Gott, ist das ein Glück, dich zu treffen! So ein Glück!«

Hans nutzt jede Gelegenheit, um Mama beim Vornamen zu nennen: »Es war ausverkauft, Emma! Alle wollten Eddas Stück sehen«, und meiner Mutter gefällt das. Ihr Gesicht ist offen. Sie nickt und schüttelt den Kopf, bewegt die Lippen, ihre Locken beben, wenn sie lacht, ihre Wangen röten sich, ihr ganzer Körper gerät in Bewegung – und schämt sich dafür. Ich sitze dicht bei ihr. Ich kann das fühlen. Es ist ihr unangenehm, dass sie nach der Behandlung so zugenommen hat, vor allem jetzt, da Hans zu Besuch gekommen ist. Zwar versteckt sie ihr Gewicht in weiten Kleidern, doch sie weiß: Es verrät sie der Schweiß auf der Stirn, es verrät sie die Schwerfälligkeit ihrer Statur. Nur ihre Hände versteckt sie nicht. Wie zum Gebet gefaltet ruhen sie vor ihr auf dem Tisch. Ihre Fingerkuppen sind noch rot vom Himbeerenpflücken. Besonders in den Daumen, fein zerfurcht von Messerschnitten, hat sich der Farbsaft nachhaltig eingelassen. Ihre Fingernägel aber sind sauber, kein Krümelchen Dreck hat sich darunterverirrt.

Bemüht unauffällig greife ich nach Mamas Handgelenk, positioniere Zeige- und Mittelfinger an der richtigen Stelle, schaue hoch zur Küchenuhr und warte, bis der Sekundenzeiger bei 12 angekommen ist – und los! Eins, zwei, drei, vier, fünf, sechs, sieben, acht, neun, zehn, elf, zwölf, dreizehn, vierzehn.

»Edda, was machst du denn da?«

Mama löst sich aus meinem Griff.

Ich will sie nicht beunruhigen, deshalb beantworte ich ihre Frage nicht.

»Warst du denn mit der Vorführung auch zufrieden?«, fragt sie und legt die Hände in den Schoß. »Beim letzten Mal warst du doch hinterher so traurig.«

»Nein«, sage ich, »diesmal ist es wirklich gut geworden.«

MAMA: Wie heißt es denn noch mal?

ICH: *Gespräche mit dem großen Wasser.*

MAMA: Mhm! Und worum geht's?

ICH: Es geht um einen Seeräuber, der immer Angst hat,

Helge. Ein richtiger Schwächling ist das. Helge möchte eigentlich Dichter sein, aber stattdessen muss er mit den Wikingern zur See fahren und ständig morden. Die meiste Zeit versteckt er sich in seiner Kajüte. Er ist sehr sensibel. Dort verwandelt er sich dann in sein Wunsch-Ich, einen französischen Literaten namens Philippe Langlois. Weil natürlich niemand an Bord wissen darf, dass Helge so eine gespaltene Persönlichkeit hat, passt sein bester Freund Grimur auf ihn auf. Grimur ist ein richtiger Held, so einer wie Magic. Leider kriegen die anderen Wikinger es dann aber doch raus, und die Situation eskaliert. Helge steht, verfolgt von den blitzenden Äxten seiner Mannschaft, an Deck, schizophren wie eh und je, da beginnen plötzlich die Wellen zu ihm zu sprechen, und er springt über Bord.

»Am Ende müssen alle sterben«, sagt Mama, und während mir der Satz eine Gänsehaut beschert, donnert Hans' Lachen roh durch den Raum. Es verwandelt Mamas Küche augenblicklich in eine Schiffsküche; Mama und ich, zwei erschöpfte Matrosinnen, suchen Zerstreuung bei diesem Urvieh von Schiffskoch, das unsere abgründigen Gedanken als fabelhafte Witze auffasst und lacht und lacht.

ICH: Aber er stirbt ja gar nicht.

MAMA: Und das hast du dir alles ausgedacht?

ICH nicke.

»Schreib doch lieber mal wieder was Richtiges«, sagt Mama. »Ein Stück über deinen Vater zum Beispiel.« So schlecht kann es um Oskar also nicht stehen. »Er hat Glück gehabt. Das Pferd ist auf ihn draufgefallen und er hatte natürlich keinen Helm auf.«

»Seit wann kann man denn Benni überhaupt wieder reiten?«

Mama wirft mir einen vielsagenden Blick zu, einen Blick, der sagt, dass man Benni eben nicht mehr reiten könne, dass unser guter Vater aber den Glauben an eine Wunderheilung hüte und dass er somit selbst an dem Unglück schuld sei.

»Ich hoffe, der Sturz ist ihm eine Lehre.« Sie verschränkt die Arme vor der Brust.

»Kann er laufen?«

»Laufen kann er, das ja, nur mit dem Atmen geht es nicht so gut.« Mama schaut zum Fenster, der Anflug von Groll ist aus ihren Zügen gewischt. »Und Schmerzen hat er auch«, sagt sie, schaut erst zu Hans und dann zu mir, und in dem Moment, in dem sie die Mundwinkel zu einem Lächeln anhebt, verschließt sich etwas in ihrem Blick.

Vor dem Küchenfenster hupt es. Skadi steht in ihrem grünen Schrottopel in der Einfahrt. Aus dem Wageninnern tönt gedämpft ihr Lachen. Sie winkt auf eine alberne Weise, die nur ich verstehe, und ich lecke auf eine alberne Weise, die nur Skadi versteht, großflächig über die Fensterscheibe.

»Du bist unmöglich«, sagt Mama und wischt die Spucke weg. Füchschens Krallen klacken aufgeregt auf dem Laminat. Sie wirft ihren Hintern so heftig von links nach rechts, dass es sie fast von den Beinen holt. *Skadi, meine Skadi!,* bedeutet mir ihr Schwanzwedeln. Füchschens Mundwinkel heben sich, ein Lächeln. Und auch ich bin froh, so froh, dass es mich schüttelt, ich brauche mehrere Anläufe, um in meine Schuhe zu finden, vergesse, sie zu verschnüren, ich suche in meinen Hosentaschen nach ein paar Kröten, da drückt Mama mir schon einen 10-Euro-Schein in die Hand. »Danke!« Ich gebe Hans einen Kuss: »In zwei, drei Stunden bin ich wieder da.« Sein Mund schmeckt nach Fitzebohnen, und obwohl es mich seit Wochen an seinen Lippen festhält, kann ich es jetzt kaum erwarten, mich wieder loszureißen, ich stoße mir den Kopf am Einbauschrank. Ich stolpere über meine Schnürsenkel, kann mich aber nicht dazu durchringen, sie zuzubinden, keine Zeit, keine

Zeit, ich muss raus, ich muss jetzt so schnell es geht zu Skadi. Im Weggehen höre ich, wie Mama sagt: »Das Kind ist immer so ruhelos.«

Die Tür fällt ein bisschen lauter hinter mir ins Schloss, als ich das geplant hatte. Eilig laufe ich davon.

Meine Schwester ist von skandinavischer Schönheit: starke Knochen, eine ruhende, gleichwohl athletische Gestalt, die eisblonden Haare fallen ihr schnurgerade ins Gesicht, die Wangen glühen rot wie hingeschminkt. Ihr Lachen ist schief, die Zähne gerade. Und wenn sie so wie heute ein schmuckloses T-Shirt trägt, halten viele sie guten Gewissens für einen auffallend attraktiven jungen Mann.

Bis vor einigen Jahren hat man uns noch für Zwillinge gehalten, obwohl ich ein Krauskopf bin, obwohl meine Haut viel dunkler ist als Skadis, meine Knochen schmaler, obwohl ich diese Zahnlücke zwischen den Schneidezähnen habe, Platz genug für ein Streichholz. Weder Skadi noch ich haben uns in den letzten Jahren äußerlich verändert, höchstens meine Zahnlücke ist ein bisschen breiter geworden, und doch waren meine Freunde in Leipzig ganz verblüfft, als ich ihnen Skadi als meine Schwester vorstellte: »Keine Ähnlichkeit, nein, überhaupt nicht.«

Sowohl Skadi als auch ich fassten das als schlechtes Zeichen auf. Unser Bündnis ist uns heilig.

Skadi zündet mir im Fahren eine Zigarette an.

Ich beuge mich so weit zu ihr rüber, dass meine Nasenspitze ihren Hals berührt. Sie duftet süß und schwer, und wie immer löst ihr Geruch eine heftige Sehnsucht in mir aus. Wenn ich Skadi rieche, türmen sich die köstlichsten Wellen vor mir auf und ich will nichts, als mit ihr tauchen gehen. Beide lieben wir das Wasser. Wo wir es glitzern sehen, da wollen wir hinein, da wachsen uns Schwimmhäute. Führt es uns ans Meer, dann stürzen wir uns in die Wellen und tauchen und tauchen, bis die Augen salzblind sind.

»Genug! Das kitzelt!«

Und obwohl ich meinen Kopf am liebsten die ganze Fahrt auf Skadis Schulter ablegen würde, wo es so glücklich riecht und so traurig wie nirgendwo sonst, lehne ich mich auf dem Beifahrersitz zurück und rauche meine Zigarette.

Im Radio spielen sie Snoop Dog. Zwei Takte, mehr braucht es nicht, schon benehmen meine Schwester und ich uns wie langarmige magere Rapper, die in großen Sweatshirts, schwer mit Gold behangen, einen sauberen Strich Schnauzer auf ihrer Oberlippe balancieren: *I'm a gangsta, but y'all knew that;* die mageren Rapper zucken ständig mit den Achseln, sie wackeln dauernd mit dem Kopf.

Wir rollen auf den Bahnübergang zu, ein rotes Licht blinkt uns entgegen, die Schranken senken sich.

»Ist mit Mama alles in Ordnung?«

»Ja«, sagt Skadi. »Wieso?«

»Ihr Puls ist so niedrig.«

»Quatsch!«

Skadis Stimme klingt bei allem, was sie sagt, sonor und sicher. Ihre Worte sind Gewissheiten. Wahrscheinlich war es tatsächlich nur ein gewöhnliches Mittagstief, das Mamas Puls so runtergefahren hat, oder einfach das Essen.

Während der Zug auf sich warten lässt, nähern sich leise Hufschläge, werden lauter, lauter, habhafter und brechen ab. Ich schaue aus dem Fenster, die Fensterscheibe ist ganz nach unten gekurbelt – und ein Hirsch gähnt mir entgegen. Wölfi hat mit seiner Postkutsche neben uns gehalten. Seine vier Zughirsche räkeln sich im engen Gespann. Sie sehen alle sehr gepflegt aus. Ihre Geweihe glänzen im Mittagslicht, als hätte man sie eben erst poliert, und auch das Fell weist keinerlei Gebrauchsspuren oder Lücken auf, es schmiegt sich sommerlich dünn über die feine Muskulatur der Tiere. Wölfi schnalzt, sodass die Hirsche ein Stück vorwärtsgehen und der Kutschbock auf die Höhe meines Fensters rollt.

WÖLFI beugt sich vom Kutschbock zu uns herab.

SKADI: Hej, Wölfi! Deine Hirsche sehen super aus!

WÖLFI: Ja, sind gute Tiere.

ICH: Hallo, Wölfi! Sind die denn nicht schon steinalt?

WÖLFI *nickt stolz:* Im November werden sie 27.

ICH: Wow! Und lassen die sich noch immer nicht streicheln?

WÖLFI *lacht:* Das hast du dir gemerkt, ne? Nein, das mögen sie gar nicht. Wie geht's euren Eltern?

SKADI: Gut.

ICH: Na ja, wir sind grad auf dem Weg ins Krankenhaus. Oskar ist vom Pferd gefallen.

WÖLFI: Was? Ist es schlimm?

SKADI: Nein, gar nicht. Der wird schon wieder.

WÖLFI: Na, ein Glück! Und Emma?

SKADI: Der geht's auch gut.

WÖLFI: Ach, es ist doch wirklich eine glückliche Zeit, *seufzt,* das merkt man auch an den Briefen, *seufzt,* so viele Liebesbriefe wie im Moment habe ich noch nie ausgetragen.

ICH: Aber woher weißt du denn, dass es Liebesbriefe sind?

WÖLFI: Ach, das ist leicht. Das kann man riechen. Gute Nachrichten riechen gut, schlechte Nachrichten stinken.

Der Zug fährt vorbei. Es ist zu laut, um zu sprechen. ALLE warten.

ICH: Hast du denn auch was für uns? Sollen wir was mitnehmen?

WÖLFI kramt in der großen Ledertasche, die neben ihm auf dem Kutschbock steht.

WÖLFI: Ja, da war was. *Wühlt.* Ein Brief für eure Mutter. *Wühlt.* Ah, da ist er ja!

WÖLFI reicht MIR den Brief.

WÖLFI: Grüßt mal zu Hause, euren Onkel auch. War lange nicht mehr zu Besuch.

ICH: Ja, mach's gut, Wölfi.

SKADI startet den Motor, die Hirsche gähnen und laufen los.

Der Brief riecht holzig, nach Papier. Es ist ein luftgepolsterter Umschlag, Größe: A5. Absender: ein gewisser Dr. Fenris.

Sein Name wie auch die Anschrift meiner Mutter sind in eckigen Großbuchstaben per Hand auf den Umschlag geschrieben.

Durch die Luftpolsterblasen ertaste ich eine kleine Schachtel.

»Wer ist denn das? Dr. Fenris? Hat Mama den schon mal erwähnt?«, frage ich bemüht beiläufig.

»Nein!«, sagt Skadi, nimmt mir den Umschlag aus der Hand und wirft ihn auf den Rücksitz.

»Jetzt fahren wir erst mal zu Oskar«, sagt sie. »Ich war auch noch nicht da. Wir hatten mit dem Haus so viel zu tun.« Sie macht eine Pause, stellt den Rückspiegel so ein, dass er mir ihre Augenpartie zeigt.

»Wir haben jetzt fünf Aquarien.«

»Wirklich? Und Fische?«

»Korallenfische!«

»Lüg nicht!«

Skadi nickt und schnippt ihre Zigarette aus dem Fenster. »Es stimmt!« Die Narben auf ihrem linken Unterarm sind mittlerweile hell und glänzend in die gebräunte Haut hinabgesackt; es sind so viele, dass ihr eng gewebtes Muster beinahe die gesamte Fläche bedeckt. Ich kann keine frischen Schnitte erkennen.

»Ich bin gespannt, wen du da mitgebracht hast. Dass du Mama gleich mit ihm allein lässt …«, sagt sie.

»Tolle Idee, oder?«

»Ganz toll!« Skadi lacht.

Die warme Luft wühlt ihren blonden Bubikopf auf, und an der Art und Weise, wie sie sich die Haare aus dem Gesicht streicht, hat sich in den letzten 20 Jahren nichts geändert. Sie macht das nicht mit einzelnen Fingern, sie macht das mit der ganzen Hand.

Aufrecht wie an eine Wand gelehnt, sitzt Oskar in seinem Bett. Die Lesebrille droht von seiner Nasenspitze abzustürzen, derart beflissen fixiert er die *GEO* in seinem Schoß. Er studiert einen Artikel über das Zwergplumplori, eine faszinierende Unterart der Feuchtnasenaffen, wie er uns sofort erklärt.

Wir sitzen auf der Bettkante, Skadi links, ich rechts von Oskar, und müssen uns zurücknehmen mit Witzen, denn Lachen ist verboten, jede Erschütterung löst eine Schmerzexplosion in seinem Körper aus, die ihm den Brustkorb sprengen möchte. Vier Rippen sind durch, und da kann man nichts machen, sie müssen selbst wieder zueinanderfinden, da kann man nicht gipsen, nicht klammern, nichts zurechtrücken, nur still sitzen und warten, bis man wieder zusammenwächst. Still sitzen, das sei das Wichtigste im Augenblick, erklärt uns Oskar, denn solange die Rippen derart spitz entzweit im Leib herumgeistern, besteht die Gefahr, ein Organ aufzupiksen, und »das wäre dann nicht so optimal«. Ach, Oskar! Davon einmal abgesehen, ist unser Vater ganz, und trotz der Schmerzen verhält er sich wie immer jovial und witzig. Es gefällt ihm sichtlich, seine Töchter zur Seite zu haben, die sich um ihn sorgen. Was er nicht weiß: Sie sorgen sich weniger um seinen Körper als um seinen Geist.

Skadi gießt ihm ein Glas Rotbäckchensaft ein. So gehört sich das. Wer im Krankenhaus liegt, dem bringt man Rotbäckchensaft, dabei macht es keinen Unterschied, ob er sich das Leben nehmen wollte, ob er Krebs hat oder ein paar gebrochene Rippen.

»Wie ist es denn passiert?«, frage ich, und auf diese Frage hat Oskar gewartet.

»Es fing damit an, dass Lothar in sie reingegangen ist«, beginnt er seine Geschichte.

»Wer ist denn Lothar?«

»Ein ehemaliger Arbeitskollege aus dem Lampenstudio, so ein Langer, den habt ihr bestimmt mal gesehen.«

»Was meinst du denn damit: in sie reingegangen?«

»Lothar ist Heiler. Wenn der einem die Hände auflegt, da spürt man so einen richtigen Abdruck hinterher. Ist wirklich irre. Er geht in einen rein, löst die Blockaden und dann pumpt er Energie nach. Das hat er bei mir damals auch gemacht. Bei Benni hat er über's Telefon Kontakt aufgenommen, also über mich. Und er wusste sofort, auf welchem Fuß sie lahmt.«

Skadi kratzt sich am Kopf.

Im Grunde ist Benni ihr Pferd. Skadi hatte das rote Quarter Horse als Fohlen gekauft und selbst eingeritten. Den Namen Benni erhielt es in Gedenken an ihren Sandkastenfreund Benni, der just dem Sandkasten entwachsen, mit seinen Eltern nach Dänemark gezogen war. Genau genommen ist Benni eine Stute.

Die Symbiose zwischen Skadi und Benni bereitete vor allem Mama große Sorgen. Ritten die zwei in den ersten Jahren noch erfolgreich Westernturniere, wurde Skadi später augenblicklich krank, wenn Benni nicht richtig fraß oder wenn ihr eine Traurigkeit anzumerken war. »Sie liebt das Tier zu sehr«, sagte Mama. Als Skadi von einem Tag auf den anderen ihre Tür hinter sich schloss, sie sich in düsteres Schweigen zurückzog und selbst mir nicht mehr anvertraute, was sie plötzlich so bedrückte, fing Benni an zu lahmen.

Unglücklicher hätte die Situation nicht sein können, denn da Bennis Krankheit sich verschlimmerte, sank Skadi in ein dunkles Tal, und weil sie keine Augen mehr hatte für das, was sie umgab, konnte Benni keinen Schritt mehr gehen. Skadi plünderte ihr Sparkonto, um das Pferd zu heilen, fuhr in eine Spezialklinik, importierte Kräutermischungen aus China, sogar einen Hypnotiseur schleppte sie an, aber Benni konnte sich trotzdem kaum auf den Beinen halten, und alle Experten, die Skadi zurate zog, zuckten mit den Schultern.

Und als es an der Zeit war, als die Leute im Dorf zu reden begannen: »Das Tier quält sich doch nur«, sollte *ich* es Skadi erklären. Wir schälten Kartoffeln, Mama war kurz in den Keller gegangen, ich sagte: »Sie wird nicht wieder gesund, Skadi!« Da nahm meine Schwester das Messer, ging in ihr Zimmer und schloss die Tür hinter sich zu.

Weder Mama noch Oskar noch ich konnten etwas tun. Wenn sie sich nicht einschloss, zog sie mit fragwürdigen Freunden los und tauchte erst am nächsten Morgen schwer betrunken wieder auf. Über Benni sprach niemand mehr ein Wort. Erst als sie Leif kennenlernte, drehte sich etwas. Skadi zog sich enge Jeans an, kochte ihm Zucchini-Tomaten-Gratin, die beiden machten lange Spaziergänge, und nach und nach, Tag um Tag, wich die Leere aus ihrem Blick. Wie dankbar war ich, meine Schwester zurückzubekommen, ihre Schockstarre kippte um in eine gewichtige Ruhe. Ich fragte sie nicht danach, was ihr so zugesetzt hatte, viel zu groß war die Angst, sie würde wieder einbrechen. Aber nichts, Skadi ruhte, und wir Schwestern hatten Zeit, wieder zusammenzuwachsen. Auf Benni hatte all das keinen Einfluss, Benni war so mager, dass sie beinahe verschwand, ihr Fell stumpf wie trockene Erde, sie stand nur noch auf drei Beinen, das angewinkelte vierte Bein zitterte in der Luft. Der Entschluss, sie einzuschläfern, war bald gefasst.

Mama atmete erleichtert auf. Sie sah die Dämonen davonziehen, doch da schaltete sich Oskar ein: »Ich kaufe sie dir ab! Ich will mich um sie kümmern!« Und weil es sein eigentlicher Lebenstraum gewesen war, nicht Möbelverkäufer, sondern Bauer zu werden, weil er jeden Tag nach der Arbeit, egal, wie spät es wurde, noch in den Stall gefahren war, ließ sich schwer etwas gegen sein Angebot anführen.

»Es hat sofort geklappt!«, erklärt Oskar jetzt. Schon am Tag nach der Kontaktaufnahme von Lothar lief Benni an der Longe symmetrisch im Takt, ohne den linken Hinterlauf zu entlasten, in allen drei Gangarten: Schritt, Trab, Galopp. Oskar war selbst mehr als verblüfft über die schnelle und unmissverständliche Wirkung des Zaubers, drei Jahre lang hatte er das Pferd vergeblich wieder aufzupäppeln versucht. Er wartete, wartete, »kein Humpeln, nichts,« prüfte Bennis Schrittfolge gewissenhaft wie ein Arzt, er sah, wie sie langsam Gewicht zulegte. Ihr Fell bekam einen sonderbaren Glanz.

Es war ein fabelhafter Sommertag, als Oskar endlich aufsattelte. Die Blätter der Obstbäume applaudierten im Wind, über dem Weizen segelte ein Habicht, vom Deister her näherte sich ein Heißluftballon. Kleine Hände winkten aus dem Korb der Erde zu. Oskar grüßte, er lüftete seinen Cowboyhut. Als der Ballon direkt über ihnen schwebte, sah er die Flamme in die schmale Öffnung stieben; wie entschlossen das zischte!

Benni jagte los, querfeldein auf das Dorf zu, sodass es Oskar gleich aus den Steigbügeln riss, sie sprang über den Bach, schlug aus, und als alle vier Hufe wieder auf dem Acker aufsetzten, stoppte Benni und stieg. Oskar sah den Himmel auf sich zustürzen – in aller Stille.

Unser Vater hat Schmerzen. Er atmet extra ganz flach, sodass sein Brustkorb unter der Decke nicht allzu sehr in Aufruhr gerät. Man darf jetzt nicht so streng mit ihm sein. Auch wenn wir uns hüten müssen, ihn nicht als Trottel zu beschimpfen, als er stolz offenbart, dass Lothar ihm für die ganze Prozedur nur schmale 150 Euro abgeknüpft hat.

»Wie geht es denn Benni? Ist sie auch verletzt?«, fragt Skadi.

»Nein, alles gut. In ein paar Wochen versuche ich es noch mal.«

Ach, Oskar! Ich sage lieber nichts. Und höre doch schon, was Mama dazu sagen wird: »Er gibt die Hoffnung nicht auf.«

Eine Krankenschwester mit pink gefärbtem Vokuhila bringt ihm das Abendbrot, zwei Scheiben Graubrot, Käse, Wurst, Weißkohlsalat. Sie drückt eine durchsichtige Flüssigkeit in den Venenkatheter und stellt einen kleinen Plastikbecher mit Tabletten auf das Nachttischchen.

»Soll ich dir mal ein Brot machen, Oskar?«, frage ich und kleide das Butterstückchen aus dem Goldpapier. Er lächelt müde: »Schön, dass du extra gekommen bist, Edda!« Sein Kopf wirkt mit einem Mal winzig in dem großen Kissen, das ihn umgibt.

»Und morgen feiern wir«, sagt er.

»Bist du sicher, dass du dafür fit genug bist?«

Oskar nickt. »Natürlich! Von den paar gebrochenen Rippen lass ich mich doch nicht aus der Bahn werfen.«

Also doch ein Familienfest. Mama wird darüber gar nicht begeistert sein. Sie kann feierliche Anlässe nicht ausstehen und hat sich bestimmt schon darüber gefreut, dass ihr 30. Hochzeitstag dank Oskars Leichtsinn ganz still und heimlich vorübergehen könne. Und auch mir gefällt die Aussicht auf ein Familienbesäufnis überhaupt nicht. Es wäre nicht das erste Mal, dass eine gut gemeinte Nacht in einem Albtraum endet.

»Außerdem habe ich noch eine Überraschung für euch«, sagt Oskar.

Aber wir können unsere Bitte noch so süß in Oskars Ohren singen, wir können noch so possierlich mit unseren Wimpern klappern, die Überraschung wird erst über seine Lippen kommen, wenn die Festtagstafel morgen Abend gedeckt ist und die ganze Familie Platz genommen hat.

⋆

Ich weiß nicht, wie er das in der kurzen Zeit gemacht hat, aber Hans hat Narrenfreiheit, was Mama angeht. Es ist ihr gleichgültig, dass er mit seinen Malerhänden schon überall Farbtupfer im Haus hinterlassen hat, dass seine Skizzenbücher und seine Tuschefedern den Wohnzimmertisch blockieren, dass die Staubabdrücke seiner Stiefel jeden seiner Schritte nachvollziehbar machen.

Während Skadi und ich im Krankenhaus waren, hat Hans Mama seine Skizzen gezeigt und sie ihm ihre Fotos, und Mama macht kein Geheimnis daraus, dass sie Hans für einen *Top-Mann* hält.

»Ein richtiger Wikinger«, sagt sie und legt den Brief von Dr. Fenris, den ich ihr umgehend in die Hand gedrückt habe, ungeöffnet neben sich aufs Sofa.

»Wie meinst du das?«

»Die Kiefer«, sagt Mama. »Der Mann ist robust.«

Im Unterschied zu unserem Vater, der alle Männer, die Skadi oder ich mit nach Hause bringen, wahllos als *Top-Männer* kategorisiert, ist Mama ein wahres Orakel, was die Qualität unserer Liebesbeziehungen angeht.

Skadis Ehemann Leif erkannte sie beim ersten Gespräch sofort als den Richtigen für ihre Jüngste, während die letzten beiden Männer, die ich mit nach Hause brachte, sie stark befremdeten.

Erik, ein schwedischer Kunsthistoriker, den ich bei einer Assistenz am Dramaten in Stockholm kennengelernt hatte, disqualifizierte sich dadurch, dass er kein Fleisch aß und immer in die Oper wollte. »Das kann nichts werden«, sagte Mama und hatte recht. Es zerbrach dann allerdings nicht an seinen Ernährungsgewohnheiten. Alles, was ich zu Beginn so an Erik gemocht hatte, seine Weichheit, seine Leberflecken, kehrte seine Wirkung nach wenigen Monaten ins Negative und zwang mich am Ende zu törichten Wutausbrüchen, die den sanften Schweden schwer verletzten.

Lukas, ein Physiotherapeut, in den ich mich in meiner Berliner Zeit verliebte, war ein modebewusster Szenemensch, das Wort *Hipster* kannte Mama damals noch nicht. Sein Fitnesswahn und seine brusthaarbetonten T-Shirts waren für Mama nur ein unbedeutender Nebeneffekt des eigentlichen Problems: Er war deutlich jünger als ich und *ein absolutes Weichei*. Ganze drei Jahre hielt ich trotzdem an ihm fest, und erst als er bei einer Shoppingreise nach Stockholm *aus Versehen* eine schwedische Kindergärtnerin schwängerte, musste ich schmerzlich feststellen, dass Mama auch in diesem Fall das Schlimmste prophezeit hatte. Sie tröstete mich trotzdem.

Mit Hans ist es anders. Mamas Augen leuchten, als sie jetzt von seinen Bildern erzählt, sie findet es ganz aufregend, dass er in diesem Augenblick unterwegs ist, um ihr Heimatdorf zu zeichnen, dass diesem kleinen Kaff, von dem die Welt nichts weiß, eine derartige Ehre zuteilwird, von einem echten Künstler in Augenschein genommen zu werden. Und ihre Fotocollagen habe er gelobt, berichtet sie stolz: »Ich glaube, die haben ihm wirklich gefallen. Er hat sie ganz lange angeguckt. Besonders die über den Reitunfall. Wartet, die kennt ihr ja auch noch nicht!«

Schon ist sie aufgestanden, schon fischt sie ein Foto unter den Zeichnungen auf dem Wohnzimmertisch hervor und hält es Skadi und mir entgegen. Und dieses Exemplar von Fotocollage gehört zu den verstörendsten, die meine Mutter je gemacht hat.

Vom Unfall selbst sieht man darauf nichts. Am Rand der Collage hat Mama quadratische Bildausschnitte arrangiert, die verschieden groß sind und sich teilweise überlappen. Man sieht: eine Kiste Futteräpfel, einen Cowboyhut im Gras, Benni in weiter Ferne auf dem Weideland; man sieht: Oskar, wie er Bennis Kopf streichelt, der in eine Stoffmaske zur Abwehr von Fliegen gekleidet ist, eine Mistgabel, ein Stück Himmel, in dem ein Krähenschwarm kreist, Oskar, der mit einer Hängematte zugedeckt auf den Holzdielen der Terrasse schläft; man sieht: ein Stück haarige Haut befleckt mit tiefblauen Hämatomen, und im Zentrum des Bildes thront eine Nahaufnahme von Bennis Augen, zwei riesige schwarze Kugeln mit langen weißen Wimpern, die einem als Herzstück der Collage entgegenstarren.

Und je länger ich in diese Pferdeaugen gucke, desto größer werden sie. Sie wachsen und wachsen, kommen immer näher, sodass ich irgendwann nur noch das glänzende Schwarz als Gegenüber habe, und ehe es mich ganz verschlingt, muss ich die Augen zutun.

»Er wird morgen entlassen«, höre ich Skadi sagen, »und er besteht auf eine Party.«

Mama seufzt: »Ja, ja! Hab ich mir schon gedacht.«

Sie lässt den Brief von Dr. Fenris in der Schublade des Wohnzimmerschranks verschwinden und sagt: »Das Gute daran ist, dass wir dann heute schon ein Fass aufmachen können.«

Nichts schmeckt uns besser am frühen Abend als ein frisch gezapftes Bier, da kommen wir ganz nach unserer Mutter. Wir heben die Schaumkronen in die Luft und nehmen den ersten Schluck: so kühl, so herb, so prickelnd. Als Mama ihr Glas wieder absetzt, ist es leer. Das ist einer der Gründe, warum Oskar sie geheiratet hat. Denn bevor unsere Mutter genussvoll Bier trinken kann, muss sie erst eines stürzen. Das erste Bier trinkt sie immer eilig in einem Zug leer, als gälte es, in ihrem Innern einen Brand zu löschen. Wie auch jetzt sagt sie dann immer: »Mein Gott, hab ich Brand!« Und auch wenn das der Wahrheit entspricht, gefällt es mir überhaupt nicht, Mama bei diesem Sturzbier zuzusehen. Denn wer so schnell trinkt, ist lebensmüde. Als könnte sie meine Gedanken lesen, schüttelt Skadi den Kopf. Sie streichelt Füchschen, die ihre Schnauze in Skadis Schoß gebettet hat und mit ihrem blauen Auge zu ihr hinaufschielt.

»Nichts passt besser zusammen als ein frisch gezapftes Bier und eine Lovestory«, sagt Skadi. Drei Augenpaare richten sich erwartungsvoll auf mich.

»Ich hab ihn bei einer Ausstellung kennengelernt. Eigentlich wollte ich Lutz bei den Proben zusehen, aber da lief alles komplett aus dem Ruder.«

»Lutz, ist das der Regisseur?«, fragt Mama und ich kann hören, wie fremd sich dieses Wort noch immer auf ihrer Zunge anfühlt, dass sie es nur meinetwegen gebraucht.

Ich besuchte Lutz bei den Proben zu *Gespräche mit dem großen Wasser*, meinem Seeräuberstück. Er saß im Schneidersitz auf dem Mittelgang des Zuschauerraums, drehte sich kurz um und winkte, als er die Tür hörte, dann schaute er wieder nach vorn. Sie probierten gerade den Schluss.

Ganz gegen den Trend einer kargen geschmackvollen Ausstattung hatte Lutz ein monströses Schiff aus Pappmaché auf die Bühne geschafft. Am Bug stand Helge, gerade wie ein Stift.

»Jetzt spuck mal!«, flüsterte Lutz von unten. Helge beugte sich über den Bug, unter ihm wogten die Wellen, ein Chor von Meerjungfrauen. Wie im Wasserballett streckten die Mädchen, es waren sicher 30, ihre zum Schwanz gebundenen Knöchel in die Höhe und baten Helge mit einem süßen hohen Ton zum Sprung. Helge war weit davon entfernt, zu springen. Er wich in kleinen Schritten zurück, sah ganz verkrampft aus. Lutz schüttelte resigniert den Kopf.

In meinem Text heißt es an dieser Stelle:

HELGE *beugt sich über die Reling und spuckt drei Mal in die See. Dann springt er über Bord.*

Die Schauspielerin aber zog den Kopf zurück, sie hatte die Arme fest an den Körper gedrückt, ihre Hände zitterten. Eine ganze Weile stand sie so da, verschwindend klein sah sie aus auf dieser riesigen Bühne. Dann drehte sie sich in einem Ruck um und rannte runter ins Schiff.

»Danke!« Lutz stand auf. Die Meerjungfrauen ließen die Beine sinken.

»Magda, kommst du wieder hoch?«

Eine Stimme begann leise im Innern des Schiffes zu singen. Zaghaft, wie unterdrücktes Weinen, stieg der Gesang auf. Es war ein französisches Lied, das mir sehr bekannt vorkam. Ich wusste nicht, woher. Die dünne Stimme, das kleine Lied, es kroch mir ungefragt unter die Haut.

Lutz stieg auf die Bühne, über die Reling, hinab ins Schiff. Der Gesang brach nicht ab, er wurde ein klein wenig lauter, und ich konnte deutlich Tränen in der Stimme hören. Ich stellte mir vor, wie Lutz dort unten bei der Schauspielerin stand, ihr eine Hand aufs Haar legte, wie sie dabei immer noch trauriger wurde. Deutlich erblasst tauchte er wieder an Deck auf.

»Wir machen eine Pause«, sagte er zu den Meerjungfrauen, dann kam er zu mir.

»Habt ihr den Schluss verändert?«

»Nein, das Problem ist: Magda identifiziert sich zu stark mit ihrer Figur. Sie denkt, sie ist wirklich Helge. Du hast es ja gesehen. Sogar die Schizophrenie ist ihr in Fleisch und Blut übergegangen.«

Lutz seufzte. »Komm lieber nächste Woche noch mal! Heute macht es keinen Sinn.«

Ich hatte mich den ganzen Tag darauf gefreut, ins Theater zu gehen. Es macht mir Spaß, Lutz bei der Arbeit zuzusehen. Mit seiner sanften Art bringt er die Schauspieler dazu, sich ehrlich der Geschichte anzuvertrauen. Er treibt ihnen Posen aus, alle Tricks, die müssen richtig ran an den Stoff. Und was am Ende auf die Bühne kommt, ist aufrichtig und ergreifend. Aber an dem Tag waren seine Augen trübe. Auch seine Hände zitterten.

Kaum stand ich unter freiem Himmel, wollte ich schon an meinen Schreibtisch zurück. Mich interessierte nicht das gute Wetter, ich hatte auch Lutz sofort wieder vergessen, der ratlos in seinen Stuhl gesunken war, als ich den Saal verließ. Der Text, an dem ich gerade arbeitete, war eine schreckliche Baustelle. Daran dachte ich und wurde sofort nervös. Es galt so viele Probleme zu lösen, die ich nicht einmal richtig verstand.

»Ich habe mich da formal total verrannt. Wenn ich Pech habe, wird das ganze Stück ein langes unlesbares Gedicht!«

»Aber was hat das denn jetzt alles mit Hans zu tun?«, fragt Mama.

»Na ja, nichts! Ich bin blind durch die Straßen gerannt, war wegen dem Text total aufgekratzt, und ich war drauf und dran, ohne irgendwas mitzubekommen, wieder nach Hause zu gehen – da bin ich umgeknickt.«

»Oh Gott!«

»Nein, war gar nicht schlimm. Eher so eine Art Notbremse.«

Ich nehme einen Schluck Bier. Mir wird klar, dass ich mich rhetorisch chaotisch und völlig richtungslos bewege. Die Zusammenhänge meiner Geschichte sind mir selbst schleierhaft. Ich erzähle trotzdem weiter.

»In Leipzig geht selten ein richtiger Wind. Da regt sich kaum mal was. Als ich mich aber da auf dem Bordstein wiederfand mit aufgekratzten Händen und einem Loch in der Jeans, da kam Wind auf. Es roch auf einmal ganz anders, oder zumindest kam es mir so vor. Jedenfalls tat mir der Fuß weh und ich konnte nur ganz langsam weitergehen. Aber das hat mir gar nichts ausgemacht in dem Moment. Ich war irgendwie ruhig geworden, vielleicht wegen dem Wind, ich weiß es nicht. Ich habe mir ein paar Kirschen gekauft und mich einfach in die Sonne gesetzt.«

»Ja, du wirkst auch viel entspannter. Das ist mir gleich aufgefallen«, sagt Mama.

Skadi nickt streng: »Ich denke, du willst die Lovestory erzählen!«

»Ja, warte mal! Also: Auf der Bank, auf der ich saß, lag eine Postkarte. Sie war schon ziemlich zerknickt, aber das Bild vorne drauf konnte man trotzdem noch gut erkennen: ein Steinbruch, Malerei. Ein riesiges Loch, harte Steinkanten, Himmel und unten in der Mitte ein winziger See, ganz schön sah das aus, wirklich! Ich wäre am liebsten in das Bild reingegangen, so gut gefiel mir das. Und das war eben der Flyer zu der Ausstellung von Hans. Hinten stand die Adresse der Galerie drauf, und ich bin da einfach hin.«

So, wie er vor der Galerie stand, hätte man Hans sofort für einen schwedischen Holzfäller halten können: Er trug ein Flanellhemd, Jeans und schwere Stiefel, Bart und Kopfhaar waren gleich kurz, sommerblond, er war so braun, dass man sich ihn beim Schuften in der Sonne vorstellen musste, und es lag etwas aufrichtig Ernstes in seiner ganzen Haltung, das mir altmodisch vorkam und mich sofort rührte. Er stand mit seinem Galeristen auf der Straße und trank Bier. Die beiden gaben mir die Hand.

»Jochen.«

»Edda.«

»Hans.«

Ich zwängte mich allein durch einen Vorhang staubiger Teppiche in die Galerie. Von dem Bild mit dem Steinbruch keine Spur. Die Wände waren blank, der Raum nicht größer als eine Pferdebox. Einzelne Weizenkörner waren auf dem grauen PVC verteilt. Beengt in der Mitte des Raumes stand eine Lehmbadewanne, in die aus dem Gipsabdruck zweier enormer Frauenbrüste, der von der Decke hing, Wasser hinabrauschte. Lichtschläuche färbten es im Fall gesund grün. Ich trat näher an die Wanne heran; in ihrer lehmigen Substanz steckten jede Menge Knochen, Zähne, Papier und Federn. Erst da bemerkte ich die Hühner. Ein sehr mageres weißes und zwei gut genährte braune pickten hinter der Wanne nach den Körnern. Erst jetzt leuchtete mir ein, dass die Geräuschkulisse, ein unruhiges Schachern, ein pointiertes Glucksen, nicht vom Band kam, sondern dass es diese quicklebendigen Hühner waren. Ich kniete mich hin. Die braunen ließen sich gedankenlos betatschen. Das weiße Huhn floh vor meiner Hand, hackte nervös auf seinen eigenen Fuß ein, eine offene Stelle klaffte schon auf der Kralle.

Ich lehnte mich an die Wand. Es war sehr warm. Es roch nach Sand, das Geräusch des fallenden Wassers vermengte sich mit dem Gespräch der Hühner. Dieser immense Busen schwebte über der Szene wie ein guter Geist, und obwohl mir der Sinn dieser Badewanne nicht klar werden wollte, gehörte sie zweifellos hierher.

Der Teppichvorhang, der den Raum konsequent von draußen abgrenzte, wurde zur Seite geschoben; Hans kam rein.

Er lehnte sich neben mich an die Wand. Seine Anwesenheit veränderte den Raum. Ich spürte ihn deutlich neben mir. Die Seite, auf der er stand, öffnete sich ungefragt, bat ihn hitzig näher zu rücken. Er schien mich überhaupt nicht zu bemerken. Die Arme vor der Brust verschränkt, schaute er auf seine Skulptur.

ICH: Darf ich dich etwas fragen zu deiner Arbeit?

HANS: Ja.

ICH: Was sind das für Knochen in der Skulptur?

HANS: Das sind Wirbel.

ICH: Von welchem Tier?

HANS: Nein, das sind Menschenknochen. Ein Freund von mir ist Totengräber.

Pause.

ICH: Und weißt du von wem, also, zu wem die gehört haben?

HANS: Nein. Interessiert dich das? Wem die gehört haben?

ICH: Ja.

HANS: Und was interessiert dich noch?

ICH: Zum Beispiel: Ob die Hühner die ganze Zeit hier sind. Das weiße kommt mir schon ganz unglücklich vor.

HANS macht einen Schritt nach vorn und packt das Huhn.

HANS: Ja, die vertragen sich nicht. Die kleine Zarte hier wird immer dünner.

ICH: Wie lang sind die denn schon hier drinnen?

HANS: Zwei Tage. Aber abends nehme ich sie immer mit nach Hause.

HANS lässt das Huhn wieder runter.

ICH: Ist schön hier drinnen.

HANS: Findest du?

ICH: Ja, wie im Paradies.

HANS *lacht:* Das ist gut. Und was denkst du noch?

ICH: Es erinnert mich an irgendwas. Ich komm nicht drauf.

Pause.

HANS: Und denkst du jetzt die ganze Zeit darüber nach, an was es dich erinnert?

ICH: Nein, jetzt gerade denke ich darüber nach, dass ich meiner Freundin Nora davon erzählen werde. Dass ihr das gefallen wird. Wegen der Hühner.

HANS: Willst du wissen, was ich mir dabei gedacht habe?

ICH nicke.

HANS: Für mich ist der Raum eine Simulation der reinen Gegenwart. Also, alles, was du hier siehst und hörst, die Wirbel, das Wasser, die Hühner, ich, all das existiert gleichzeitig mit dir, jetzt, in diesem Moment. Es ist isoliert von allem, was war oder was kommt. Es ist einfach da.

ICH: Das schon, aber es war ja auch schon hier, als ich noch draußen rumgelaufen bin und du mit Jochen Bier getrunken hast, und dieser Knochen war irgendwann mal Teil eines Menschen.

HANS: Hätte das irgendeine Auswirkung auf diesen Moment, wenn du wüsstest, wem der Knochen gehört hat?

ICH: Ja, wenn ich einen Namen hätte oder sonst etwas,

könnte ich mir jemanden vorstellen. Ich könnte seine Geschichte erfinden.

HANS *lacht:* Du zerstörst meine Kunst!

ICH: Tut mir leid.

HANS: Versteh den Raum doch mal als ein Geschenk. Du musst damit nichts machen, du musst nicht interpretieren. Du kannst einfach hier sein.

ICH: Aber ich kann leider nicht anders. Alles erinnert mich an irgendwas. Wenn ich dich angucke, zum Beispiel, frage ich mich einfach, wo du herkommst und warum du Menschenknochen in deine Skulptur baust. Geht dir das nicht so?

HANS: Nein. Ich gucke dich einfach an.

ICH: Und woran denkst du dabei?

HANS: An nichts. Ich gucke dich einfach an.

Pause.

So! Und jetzt machen wir ein Experiment! Guck dir dieses weiße Huhn an!

ICH: Ja.

HANS: Guck es dir richtig an!

ICH: Ja.

Ich kniff die Augen zusammen und fixierte das Huhn, das ganz verwelkt aussah neben seinen vitalen braunen Gefährten.

Ein paar Minuten vergingen.

»Siehst du?«, fragte Hans.

»Ich glaube nicht.« Ich war augenblicklich abgedriftet. »Die ganze Zeit muss ich nur daran denken, wie meine Oma immer ihre Hühner geschlachtet hat. Sie hat ihnen nämlich nicht einfach den Kopf abgehackt, sondern sie vorher mit einem kurzen Schlag in den Nacken betäubt.«

»Nein, das ist falsch. Du sollst dich an nichts erinnern.«

»Vielleicht funktioniert es bei mir nicht.«

»Man muss das üben.« Er lachte.

Jochen schaute kurz zu uns herein, machte aber sofort kehrt, und auch mir erschien es richtiger, mit Hans und den Hühnern allein zu sein, und hätte Hans mir auch nur ein deutlicheres Zeichen gegeben, hätte er mich noch eine Sekunde länger so direkt angeschaut, wie er das die ganze Zeit über tat, immer so lange, bis es gerade das Maß an Höflichkeit überschritt, es etwas anderes wurde, ich hätte ihn einfach geküsst.

Wir verabschiedeten uns vor der Tür.

Zwei Tage später tauchte Hans auf dem Mittsommerfest des Theaters auf, ich sah ihn in der Menge, er kam auf mich zu. Er kaufte uns Wodka, sagte wenig und sah mich mit diesem heftigen Blick an, und als ich ihn am Ende des Abends zum Abschied umarmte, hielt er mich mit einer Bestimmtheit, die mir die Knie weich werden ließ.

Am nächsten Morgen erwachte ich in seinem Atelier. Die Sonne brannte durch die Dachluke auf uns herab. Es roch nach Terpentin. Überall standen Leinwände, überall war Farbe. Ein lautes Glucksen machte den Raum hellwach. Hans sprang aus dem Bett.

Und während der Espressokocher auf dem Herd zu fauchen begann, standen wir nackt neben dem Käfig und beobachteten die Hühner beim Frühstück.

»Er hat die Hühner bei sich zu Hause gehabt?«, fragt Mama ungläubig. Sie hat sich auf dem Sofa ein wenig nach vorne geneigt und ist ganz wach.

Ich nicke.

MAMA: Und wann war das?

ICH: Vor ein paar Wochen.

MAMA: Wo kommt er denn eigentlich her?

ICH: Aus Kiel, glaube ich.

MAMA: Hat er Geschwister?

ICH: Ich weiß es nicht.

MAMA: Und seine Eltern?

ICH: Keine Ahnung.

MAMA: Und wie alt ist er?

ICH: Weiß ich nicht.

MAMA: Unterhaltet ihr euch denn gar nicht?

ICH: Doch!

MAMA: Über was denn?

ICH: Über Kunst!

MAMA gähnt.

In Wirklichkeit habe ich schon viel zu oft versucht, Hans zum Erzählen zu bringen. Aber wie ich es auch anstelle: Was seine Geschichte angeht, bleibt er verschlossen wie ein Stein.

Wir hören, wie sich die Terrassentür im Esszimmer öffnet. Wir hören Hans' schwere Stiefel auf dem Fischgrätenparkett. Mit seinen Stiefeln tritt er über jede Schwelle. Die zieht er nur zum Schlafen aus. Er macht kein Licht, als er durch den Flur auf uns zuläuft. Seine Zähne blitzen im Dämmer des schmalen Gangs. Skadi ist aufgestanden, um ihm die Hand zu geben. Hans nimmt sie zur Begrüßung gleich in den Arm.

»Das ist meine Schwester«, sage ich, und Hans schaut von Skadi zu mir und wieder zu Skadi.

»Verrückt!«, sagt er. »Ihr seid genau gleich.«

*

Geheimnisse bespricht man unter freiem Himmel. Während Skadi uns draußen auf der Terrasse flüsternd mit der *Aktion Legehenne* vertraut gemacht hat, ist Mama auf dem Sofa eingeschlafen.

Sie liebt das, meine Mutter, abends vor dem Fernseher einzuschlafen. Vormittags ist sie voller Tatendrang, am Mittag hält sie Ruhe, der Nachmittag fällt ihr meist schwer, und sobald der Abend anbricht, bewegt sie sich erleichtert aufs weiche Innere des Sofas zu. Dann bettet sie den Kopf auf einem Kissen, dann lässt sie sich tief ins Polster sinken und schaut den unglücklich Verliebten zu. Oskar leistet ihr nicht oft Gesellschaft. Er sitzt dann gefesselt vor einem anderen Fernseher, in der Abstellkammer, im Raum nebenan.

Die Zeit, zu der Mama auf dem Sofa einschläft, ist seit dem letzten Schub ihrer Krankheit vorgerückt.

Als es nach vier Jahren hieß, die Krankheit sei zurück, ist Mama müde geworden. Sie hat so viel geschlafen wie in ihrem ganzen Leben nicht, und keiner von uns konnte das so ohne Weiteres hinnehmen: sie tagein tagaus mit geschlossenen Augen zu sehen. Aber während der Behandlung erschien es uns nur logisch. Sie hatten ihr ein besonders aggressives Mittel verschrieben, weil auch die Krankheit besonders aggressiv gewesen war, ein Mittel, das ihr jedes Haar vom Kopf nahm und ihr alle Wimpern ausriss. Als ihr die Haare auszufallen begannen, gab sie mir die Schere in die Hand und Skadi den Rasierer, und wir achteten streng darauf, dass ihr keine einzige Träne auf die Kopfhaut fiel, während wir Mama eine Glatze rasierten. Wir gingen mit ihr eine Perücke aussuchen, was sich als Folter erwies, denn so viele kleine Locken, so dichtes wolliges Haar haben die wenigsten Frauen. Der Friseur zog Mama eine Perücke nach der anderen auf, umständlich wie eine Badekappe, und er konnte noch so bestärkend und empathisch auf ihre Schönheit bestehen, konnte die Perücke drehen und ihr Strähnen ins Gesicht ziehen, wir sahen doch über den Spiegel, wie unendlich albern Mama unter den glänzenden Kunstschöpfen wirkte, wie sie darunter noch kränker wurde.

Zu Hause reihten wir all unsere Halstücher vor ihr auf. Mama entschied sich für ein altes rotes Schnupftuch, das einmal zu einem Piratenkostüm gehört hatte, und schlief, das Piratentuch ins Gesicht gezogen, die Decke über die Wunde an ihrer Brust gelegt. Und wir gaben unser Bestes, sie zum Aufstehen zu bewegen, sie zum Lachen zu bringen, ihr unsere kindliche Zuversicht wie eine Zirkusnummer vorzuführen, wir kicherten, wir plapperten, wir lernten täglich neue Witze und setzten alles daran, ihr mit großen Augen glückliche Gedanken in den Kopf zu schieben. Nachts zitterte ich vor Erschöpfung und Skadi schnitt sich die Angst aus der Haut. Wir wussten, dass es kompliziert war, unsere Mutter zu heilen. Denn als es um die Gründe für die Krankheit ging, da sagte die Ärztin: »Die Krankheit bricht nur aus, wenn man zu traurig ist. Sie ist einfach zu traurig«, und wir wussten sofort, wovon sie sprach, wir wussten, dass Mama heimlich weinte hinter der geschlossenen Badezimmertür, und wir sahen ja den Riss in ihrer Sicht. Als dieselbe Ärztin Mama nach einigen Monaten staunend, ja unverhüllt überrascht, mitteilte, dass sie die Krankheit trotz der Schwere überwunden habe, dass sich die Filia an ihrer Wirbelsäule zwar nach wie vor nicht operieren ließe, aber auch nicht wachse, nichts anstelle, sondern wunderbarerweise erstarrt sei, da war Mama mit einem Mal ganz wach, da weinte sie und lachte und schlug die Hände vors Gesicht.

Mamas Locken wuchsen wieder, kraus und dicht wie im Kindesalter, ihre Augen wurden wieder ganz, aber die Müdigkeit blieb und zwang sie täglich immer früher in die Knie, als würde die Filia sie zwar nicht töten, sie aber durch den anwachsenden Schlaf ganz sanft darauf vorbereiten.

Ich kann es nicht aushalten, Mama abends auf dem Sofa liegen zu sehen. Niemals sonst sieht sie so verloren aus, wie wenn sie blass und reglos im Sofa zu verschwinden droht, während die leeren Dialoge aus dem Fernsehen einen falschen Frieden verbreiten.

Ich mache Krach, damit sie aufwacht, als Hans und ich von der Terrasse reinkommen.

Mama schrickt auf, ihr Blick irrt farblos und leer im Raum umher, und es dauert eine ganze Weile, ehe sie uns findet.

»Ich habe euch das Bett oben bei Sophie fertig gemacht«, sagt sie und gähnt, sodass ihr Tränen in die Augen schießen und die Wimperntusche noch ein bisschen mehr verläuft. Egal, wie frisch die Schminke aufgetragen ist, es liegen immer ein paar schwarze Krümel unter Mamas Augen, als hätte ihr Blick einen Pakt mit dem Schatten geschlossen.

»Nein, wir schlafen in meinem Zimmer«, entgegne ich fest.

Seit Tante Sophie gestorben ist, drücke ich mich davor, ihre verwaiste Junggesellinnenwohnung, die Wand an Wand mit meinem Kinderzimmer im ersten Stock des Hauses liegt, zu betreten. Nichts hat sich verändert dort oben, in den letzten Jahren. Ihre schweren Möbel stehen noch an Ort und Stelle, sogar der trockene Seifengeruch ihrer Haut benetzt noch jedes Stückchen Spitzengardine. Aber Mama schwärmt von dem großen Bett dort oben und dass es so wunderbar still dort sei: »Da habt ihr eure Ruhe.«

»Das machen wir«, sagt Hans, und wie er das so selbstverständlich sagt, als wäre das ein unbescholtener Ort, dort oben, denke ich, dass es wenigstens einen Versuch wert ist.

Ich schlafe nicht gut in diesem Haus. Da macht es womöglich keinen Unterschied, mit welchen Gespenstern man sich das Bett teilt.

Ich prüfe jedes Zimmer, gehe jeden Raum hier oben ab, ich schaue unterm Bett nach, in den Schränken, hinter jeder Tür.

Aber natürlich finde ich keinen Beweis dafür, dass es hier oben spukt. Gespenster zeigen sich erst, wenn alle Lichter gelöscht sind, wenn man sich wehrlos dem Schlaf anvertraut hat.

Hans ist zielstrebig ins Schlafzimmer gelaufen, ist stehen geblieben und hat sich keinen Schritt mehr bewegt. Er studiert das Gemälde über dem Kopfende des Bettes, Wald in Öl, ein alter Schinken, ich habe ihn selbst noch nie gesehen, bin mir nicht sicher, seit wann er überhaupt dort hängt.

Schnell ins Bad, schnell die Zähne geputzt, die Tür muss einen Spalt geöffnet bleiben, man hört ja sonst nichts, es ist auch ziemlich eng hier. Ich höre Hans das Fenster im Schlafzimmer öffnen, einen Reißverschluss ziehen, ich höre ein Heulen, die Tür schlägt zu. Ich beeile mich, mir den Mund auszuspülen, das Wasser schmeckt immer noch nach Eisen, obwohl ich es lange habe laufen lassen, so lange, bis alles Rostrote im Abfluss verschwunden war und das Wasser sich wieder ähnlich sah.

Als ich aus dem Badezimmer komme, ist Hans verschwunden. Sein Rucksack liegt geöffnet auf dem Bett, ebenso wie sein Hemd, die Hose, er hat sogar die Stiefel schon ausgezogen.

Hinter der Fensteröffnung zeichnen sich die Stahlpfeiler des Baugerüstes ab. Von der Autobahn her weht mir ein nervöser Motorenwind den Geruch von Korn entgegen. Hans baumelt in Unterhosen an der Gerüststange. Als hätte man sie in Brand gesteckt, lodern seine Haare gelb in der Nacht. Ich halte den Kopf aus dem Fenster und atme tief ein. Wie gut das riecht.

»Komm!«, sagt Hans und streckt mir die Hand entgegen.

Und so sitzen wir noch eine ganze Weile in Unterhosen auf dem Baugerüst. Das Werbeschild auf der anderen Seite der Autobahn leuchtet uns: ein Pferd, ein Strumpf, ein Taler.

Hans streichelt mein Gesicht. In der grobkörnigen Dunkelheit kann ich erkennen, dass er lächelt.

»Hier bist du wie ein Tier«, sagt er, »du bist ganz ängstlich und dein Atem riecht so gut.«

Und du bist wie ein Mann, denke ich, du sagst etwas und schläfst gleich ein.

Denn kaum liegen wir im großen Bett, kaum habe ich das Licht gelöscht, zucken Hans' Glieder und der Schlaf dirigiert seine Atemzüge.

Es ist nicht leicht, seine Hand von meinem Arsch zu lösen, sobald ich versuche, sie aus meiner Unterhose zu ziehen, schiebt sie sich bestimmt wieder hinein und umgreift groß und warm die linke Backe. Ich muss dringend wieder aufstehen, es ist viel zu dunkel hier drinnen, unmöglich, hier auch nur eine Sekunde auszuruhen. Ganz sicher steht da schon jemand neben dem Bett und wartet darauf, meine Füße zu packen. Mit einem Ruck befreie ich mich aus Hans' Umarmung, schiebe ihn weit weg auf die andere Seite des Bettes. Jetzt einfach die Decke zurückschlagen, aufstehen, drei Schritte, mehr sind's nicht bis zur Tür. Aber während in meinem Innern alles huscht und rennt, sind meine Glieder ans Bett gefesselt, es gelingt mir nicht einmal, mit den Zehen zu wackeln, jetzt aber, jetzt, jetzt aber, jetzt, vergeblich. Wo kommt denn diese Hand auf einmal her? Sie umklammert meine linke Brust. Los jetzt!

Zitternd ertaste ich die Türklinke, zitternd schließe ich hinter mir die Tür. Auf dem Flur ist es ein bisschen heller. Aber: Hat sich unten im Haus nicht gerade etwas bewegt? Flüstert da nicht jemand? Da glänzen doch zwei Augenpaare, keine zwei Schritt weit entfernt? Da atmet doch jemand!

Ich will die Hand ausstrecken. Ich will es nicht. Solange ich sie eng am Körper trage, kann sie nichts Böses ertasten. Aber hell wird es nicht von allein, und hell muss es werden. Ich kann hier nicht so stehen bleiben. Wenn nicht gleich das Licht angeht, fange ich bestimmt an zu wimmern.

Klick.

Nichts, nichts, nur Teppich, Tapete, mein Gegenüber: ein Regenschirm an der Garderobe.

Unruhig durchstöbern die Scheinwerfer der Nachtfahrer auf der Autobahn die Dunkelheit im Wohnzimmer. Ich setze mich in Sophies Sessel und versuche, einen beruhigenden Gedanken zu fassen. Füchschen wimmert weiter unten im Haus. Sie wird wissen, dass ich wach bin. Aber ich kann jetzt nicht zu dir herunterkommen, Füchschen. Ich bin zu müde, kann mich kaum rühren.

Es sitzt sich gut in diesem Sessel. Die Polster sind fest, die hohe Lehne gibt noch dem schwersten Kopf etwas zum Anlehnen. Ich ziehe an der Kordel. Sophies Stehlampe wirft Licht in meinen Schoß. Da liegen meine Hände, zu Fäusten geballt. So fest halte ich sie geschlossen, dass meine Fingernägel kurze Striche in die Handfläche geritzt haben.

Füchschen, wenn du doch nur Ruhe geben könntest! Nichts, da ist nichts! Du solltest die Augen zutun, dich einrollen und zufrieden schnaufen wie ein Hund! Das Holz arbeitet. Was knackt, sind nur die Balken. Skadi wohnt längst nicht mehr in diesem Haus. Und Mama sagt, es geht ihr gut.

Und wenn es nicht stimmt?, wimmert Füchschen. Wenn sie nur sagt, dass es ihr gut geht, weil sie uns keine Angst einjagen will? Was, wenn sie ihre Traurigkeit nur besser zu verstecken weiß? Was, wenn sie zu traurig ist? Was, wenn die Krankheit vor lauter Kummer längst zurück ist und sie darüber schweigt? Was dann?, wimmert Füchschen, was dann?

Neben dem Sessel steht Sophies Strickkorb. Der Deckel liegt schräg wie eine Baskenmütze auf dem bunten Wollberg, der daraus hervorquillt. Nur gutes Garn finde ich darin, das allerfeinste Material. Ich nehme ein angefangenes Knäuel, halte den Faden, lasse das Knäuel ein Stück über den Boden rollen.

Die erste Runde muss ich noch einmal wieder aufmachen, aber schon beim zweiten Mal werden die Maschen gleichmäßiger. Die Stahlnadeln klicken sanft bei jeder Begegnung. Und es klingt, als würde dieses Geräusch die Zeit erfassen, aber im Gegensatz zum Ticken einer Uhr dafür sorgen, dass man sich während des Messvorgangs in der Zeit verliert.

Die Friedhofsglocken läuten. Der Esel schreit. Es ist ein kalter Tag. Der Frost bricht unter den Stiefeln. An meinen Händen kann ich sehen, dass ich älter geworden bin. Ich stehe vor der Kapelle. Die Trauergäste sind längst gegangen. Ich stehe ganz allein. Der Sarg ist in der Erde. Einen Grabstein gibt es nicht, aber ich weiß ja, wen es getroffen hat. Ich kann jeden einzelnen Knochen in meinem Körper fühlen, und mein Herz ist ein sensibles Organ, es pumpt schon viel zu lange. Ein lautes Zischen stößt mir gegen den Nacken. Ich drehe mich um und sehe über die weiß verhärteten Felder zur Autobahn. Der Himmel kippt um in einen warmen Tag. Wir spielen Totengräber. In der kleinen roten Schubkarre liegen zwei Leichen: ein Spatz und ein Igel, von beiden ist nicht mehr viel übrig, es sind Autos drübergefahren. Skadi reißt ein paar Kornähren aus dem Acker und legt sie darüber, damit ich mich nicht fürchten muss. Meine Hände sind weich und schmutzig. Im Garten graben sie ein Grab. Unser Friedhof für alle, die auf der Straße geendet sind, misst sieben Kreuze. Wir sprechen kein Gebet, singen tun wir nicht. Wir schaufeln in aller Ruhe Erde über die Toten. Da öffnet sich ein Fenster. Wir drehen uns um. »Wie viele sind's denn diesmal?«, fragt Mama, die schönste Frau der Welt. Skadi hält zwei kleine Finger in die Luft.

Als es allmählich dämmert, erwache ich aus meinem Traum. Füchschen hat aufgehört zu wimmern. Ich habe einen halben Strumpf gestrickt.

*

Rotwild grast zwischen den turmhohen Windrädern auf den Feldern vor der Autobahn. Die Rehe kommen selten aus dem angrenzenden Wäldchen hervor, meist nur früh am Morgen, wenn überhaupt.

Oskar sitzt oft mit dem Fernglas am Frühstückstisch im Esszimmer und beobachtet genau um diese Zeit, wie das Rotwild mit dem letzten Staub Morgennebel die Bühne verlässt und im Wäldchen verschwindet.

Die Sicht ist glasklar, kein bisschen Nebel heute, dafür ein wuchtiger Wind, der seinen Duft vom Meer heranzutragen scheint, obwohl wir nicht weniger als 300 Kilometer von der Küste entfernt leben. Viele Möwen sind unterwegs, dabei wurde doch noch gar nicht gepflügt, dann kommen sie nämlich, das Getier aus dem aufgerissenen Ackerland zu fressen.

Die Rehe werden bei ihrer Flucht vom Wind unterstützt. Sie können kaum schnell genug die Füße nachsetzen, so hastig schiebt er sie auf das Wäldchen zu, um sie in Sicherheit zu bringen, ehe der Tag anbricht.

Es ist kein schonendes Erwachen, in Gelb und Gold und Morgenröte; die Sonne stemmt sich hart und weiß aus der Tiefe hervor. Der Wind bündelt meine Wimpern, lässt sie los, schlägt sie nieder, ein vielfarbiges Flimmern aus Licht und Laub ist das, die Bäume sind in Aufruhr, alles flattert, sogar die Kornähren scheinen aneinanderzuknallen, oder was ist das für ein Geräusch? Ein hölzernes Peitschen? Nie gehört. Obwohl die Windräder eine eindeutige Richtung anzeigen, Nordwesten, scheint es von überall her zu wehen. Man verliert den Überblick, man gerät ganz durcheinander, ja mir ist der Kopf ganz wirr, unmöglich, einen klaren Gedanken zu fassen.

Ich laufe trotzdem weiter, spüre meinen Körper nicht, das Laufen geht mühelos, seltsam fremdbestimmt, als trüge mich mein eigener Körper auf dem Rücken mit sich herum, der Wind weht einem immer wieder frontal ins Gesicht, welchen Pfad man auf dem Schachbrett zwischen den Feldern auch wählt. Meine Haare haben sich aus dem Zopf gelöst und durchkreuzen mir die Sicht, nichts steht hier fest, ich bin mir nicht mal mehr sicher, wo mein Fuß als Nächstes aufsetzt, in welcher Höhe, in welcher Tiefe, die Erde hat mit einem Mal so ein buckeliges Relief, wie das sein kann, die Wege sind platt gefahren und höchstens ein Grasbüschel, höchstens ein Stein variiert den ebenen Grund, auf dem wir hier laufen.

Erst als ich das letzte Windrad vor der Autobahn erreiche, mache ich halt. Behäbig durchtrennen die drei Flügel die Luft in der Höhe, was für ein mächtiges Sausen. Was für ein Unglück das gäbe, würde ein Flügel sich lösen und die kleinen Spielzeugautos widerstandslos von der Fahrbahn rasieren.

Wenn Oskar heute Abend aus dem Krankenhaus zurück ist, muss ich ihn fragen, ob er die Windräder jemals hat stillstehen sehen. Ich kenne sie nur so, in Bewegung.

Aus dieser Entfernung, verwaschen von Wimpern, Kopfhaar und aus der Ruhe gebrachtem Licht, ähnelt Odinsgrund einer bloßen Anordnung verschiedenfarbiger Steine. Das Haus meiner Eltern, blau-weiß, es beobachtet mich.

Es ist nicht üblich, Odinsgrund zu verlassen. Die meisten der knapp 1.000 Einwohner verbringen ihr gesamtes Leben hier, auch die frisch gezeugten. Es ist üblich, die Schule im Nachbarort zu besuchen, eine Ausbildung im Umland zu machen, hoch geachtet sind die, die zum Arbeiten zwar in die Stadt fahren, am Abend dann aber mit der S-Bahn nach O zurückkehren.

Oskar hat es lange so gemacht. Früh am Morgen fuhr er in das städtische Möbelhaus, um spät am Abend verstummt und müde heimzukehren. Mama wärmte ihm das Mittagessen, er schaute noch die Nachrichten und ging dann früh zu Bett, um am nächsten Tag das Haus früh wieder zu verlassen. Sogar an den Samstagen war er ganztägig fort, um der Familie Geld zu beschaffen für Urlaubsreisen nach Dänemark, für Softeis, für den Ballettunterricht, ausreichend Essen, an nichts sollte es uns fehlen. Die einfachen Verhältnisse, aus denen er stammte, der Vater Tischler, die Mutter Mutter, wollte er uns zuliebe hinter sich lassen. Und so kam es, dass zwei Neuwagen in unserer Einfahrt parkten und Flugreisen in den Süden möglich wurden. Es fehlte uns an nichts.

Nur bei den Sonntagsunternehmungen wurde Oskar immer nervöser. Sein Wutausbruch beim Installieren eines neuen Videogerätes verbindet uns auf hämische Art und Weise miteinander. Dabei fing ich mir meine erste und einzige Ohrfeige ein.

Ich muss ihn beim Entzerren der Anschlüsse mit meinen Fragen ziemlich genervt haben, sodass ihm schließlich das Blut zu kochen begann. Seine Reue danach steht beispielhaft für zwei bestimmende Charaktereigenschaften, die er mir eins zu eins vermacht hat: seine Wildheit und seine Friedfertigkeit. Das ist ein Gewühle und Gedränge in einem drin, wenn man zuhauen und schimpfen will, das Gute einem aber jede Bosheit versagt, da windet man sich, mit zwei so unverträglichen Weggefährten, irrlichternd zwischen Zorn und Liebe, und dann reißt man ein und dann wächst man wieder zusammen und findet keine Ruhe.

Nach dem Knall hatte ich mich in meinem Kinderzimmer eingesperrt. Oskar saß weinend vor der Tür. Er bat mich, ihn reinzulassen, und als ich ihm öffnete, aufgequollen und nach Luft japsend, weil mir das Weinen die Lungenflügel verklemmt hatte, erschrak er beim Anblick des Kindes vor sich selbst, denn das Kind zuckte unter seiner Hand zusammen; es schluchzte: »Du machst mir Angst!«

Diese gefährliche Seite von Oskar, seine Unbeherrschtheit, haben die Tabletten ausgemerzt. Er ist sehr friedlich geworden in den vergangenen Jahren.

Oskar sagt, erst seitdem er in »der Firma«, so nennt er das Möbelhaus, in dem er 25 Jahre lang gearbeitet hat, das Handtuch geworfen habe, sei ihm bewusst geworden, wie wenig er von uns gehabt habe und wie sehr er sich in dieser Zeit der Dorfgemeinschaft von Odinsgrund entzogen habe.

Wenn er jetzt mit Füchschen spazieren geht, grüßt er jeden, lässt er sich gern zu einem Schwätzchen anhalten; wo er früher in Eile war, nimmt er sich jetzt die Zeit. Allen ist er wohlgesinnt. Sein Zorn hat nachgegeben. Um ihm heute eine Ohrfeige abzuverlangen, müsste ich mir schon etwas sehr Perfides einfallen lassen. Wäre Oskar nicht im Krankenhaus, würde er mit offener Brust durch Odinsgrund spazieren, um jedem, der ihm begegnete, mit einem aufdringlich fröhlichen »Hallo!« seine guten Absichten zu bezeugen. Denn es ist wichtig, einander zu grüßen. Einen schlechten Menschen erkennt man schon allein daran, dass er nicht grüßt, wenn er einem auf der Straße entgegenkommt. Ob man einander kennt oder nicht, man muss sich grüßen, das hat Oskar seine Kinder gelehrt.

Mir fällt es nicht leicht, diese Regel zu befolgen, wenn ich zu Besuch bin. Denn wenn ich hier laufen gehe oder spazieren, dann ist es mein oberstes Ziel, niemandem, wirklich niemandem, zu begegnen. Ich gehe, so wie jetzt, eine Straße im Ort entlang, vollkommen erleichtert, weil kein Mensch weit und breit zu sehen ist, nur Häuser, Vögel, Land. Ich beginne mich einzurichten in dieser Verlassenheit, ja, ich fühle mich heilsam ruhig und allein. Und gehe so dahin, atme, gehe, schaue, und plötzlich taucht jemand am anderen Ende der Straße auf, ein einzelner Mensch, nicht einer unter vielen, und es ist ganz unmöglich, jetzt einfach kehrtzumachen, ich laufe tapfer auf den anderen zu, bemerke, dass auch der andere mich bemerkt hat und dass eine Begegnung unausweichlich wird, und in dem Moment, wo sich die Augen des Gegenübers schärfen, wo er in Grußweite kommt, übermannt mich der Wunsch, ihn einfach wegzudenken, blicklos an ihm vorüberzuziehen, als wäre er eine eilig zu passierende Bedrohung.

Ich habe Odinsgrund vor neun Jahren verlassen. Das Bedürfnis, zu Besuch zu kommen, übermannt mich plötzlich, anlasslos, selten zu kirchlichen Feiertagen. Meist habe ich monatelang nicht darüber nachgedacht, zu meinen Eltern zu fahren, und dann überkommt mich aus dem Nichts eine unmäßige Sehnsucht, ein sorgenvoller Verdacht, und obwohl ich es besser weiß, obwohl mir klar ist, dass diese Sehnsucht eine ortlose ist, die nirgends eingelöst werden kann, vor allem nicht in Odinsgrund, obwohl ich weiß, dass ich versehrter wieder von dort zurückkehren werde, als ich dort eintreffe, fahre ich dennoch.

Mama versicherte mir schon am Telefon, dass es ganz unnötig sei, zu kommen: »Oskar ist vom Pferd gefallen. Es wird keine Feier geben«, sagte sie, und im nächsten Moment wurde schon entwarnend gelacht.

Aber in mir erhob sich dieses glasklare Gefühl, ganz genau zu wissen, dass ich in Odinsgrund gebraucht werde, und sowohl für Hans als auch für mich war es selbstverständlich gewesen, dass er mir hierher folgen würde.

Hans sitzt auf Oskars Platz am Esstisch, das Fernglas vorm Gesicht. Er zieht mich an sich und drückt seinen Mund gegen mein Brustbein, dorthin, wo ich besonders schwitze.

»Ich hab dich gesehen«, sagt er.

Der Terpentingeruch, den er sonst in allen Poren trägt, ist schwächer geworden. Er duftet nach Kaffee.

Mama hantiert in der Küche mit einer Raspel. Eine Karotte in der Hand, kommt sie zu uns ins Esszimmer. Sie sieht erschöpft aus.

»Alles Gute zum Hochzeitstag, Mama!«

»Ach!« Beschwichtigend schwenkt sie die Karotte. Und nur daran, dass sie ihre Augen beim Blinzeln einen Moment länger geschlossen hält als sonst, ist es auszumachen, dass ihr doch ein wenig feierlich zumute ist.

MAMA: Habt ihr Lust, für mich auf den Markt zu gehen? Ich brauche noch Fleisch für heut Abend.

ICH: Wir müssen auch gar nicht feiern, wenn dir das zu viel wird.

MAMA: Es wird mir nicht zu viel. Ich freue mich.

ICH: Okay. Ich dusche nur schnell und dann muss ich noch kurz meine E-Mails checken.

HANS nickt.

MAMA: Ach so, das Internet geht gerade nicht.

ICH: Ich guck mir das gleich mal an.

MAMA: Da kann man nichts machen. Da steht ja, dass alles stimmt mit der Verbindung, und es geht trotzdem nicht.

MAMA macht einen Schritt auf UNS zu.

MAMA: Es liegt am Wind! Wenn es zu windig ist, dann funktioniert es nicht.

MAMA wischt sich mit dem Ärmel Schweiß von der Stirn und verschwindet wieder in der Küche.

Mir ist plötzlich schwindelig. Ich möchte Mama nachgehen und sie fragen, wie es ihr wirklich geht. Du kannst es ruhig zugeben, dass dich etwas bedrückt, möchte ich sagen, und dass sie niemanden zu schonen braucht, vor allem mich nicht, und dass es auch für sie ganz sicher eine Erleichterung sein wird, mir die Wahrheit zu sagen. Hans zieht mich runter auf seinen Schoß.

Er hat das Fernglas beiseitegelegt und zeigt mir die neuen Zeichnungen in seinem Skizzenbuch. In seiner entschlossenen Linienführung sind wiederzuerkennen: die große Esche am Glockenturm, die alte Schule von Odinsgrund, eine Waldsilhouette, das ist der Deister, der im Süden des Dorfes liegt. Die wenigen Linien sind in ihrer abstrakten Anlage so treffend genau, dass man alles Bekannte sofort wiedererkennt. Nur diese große Senke da kann ich nicht zuordnen, ein riesiges Loch, hohe Säulen wachsen daraus empor.

»Was ist das?«, frage ich.

Hans ruft nach Mama, die, ihre Hände in einem Geschirrtuch trocknend, sofort zur Stelle ist.

»Erkennst du, was das ist, Emma?«, fragt Hans.

Und Emma muss nicht lange überlegen. Durch das Eckfenster zeigt sie in Richtung Süden, zum Wald hinauf.

»Die große Baustelle«, sagt sie, und erst jetzt sehe ich, dass dort, wo einst, als Vorbote des großen Waldes, das kreisrunde Krähenwäldchen dem Deister zu Füßen lag, dass dort anstatt Eichen jetzt Kräne aufragen und frisch errichtete Betonsäulen.

*

Füchschen trinkt aus einer Pfütze, die sich in der Gosse gebildet hat, dann macht sie einen Satz nach vorn und pinkelt in den Hagebuttenstrauch der Nachbarn. Obwohl sie eine Hündin ist, hebt sie beim Pinkeln immer das Bein.

Für alle Tiere, die je in den Haushalt meiner Eltern fanden, vier Katzen, fünf Hamster, zwei Nymphensittiche und Benni, war Skadi verantwortlich. Sobald ein Tier verstorben war, produzierte sie mit aller Kraft einen neuen unabwendbaren Haustierwunsch, dem schließlich nachgegeben wurde. So kam auch Füchschen zu uns. Passend zum Westernreiten musste es ein australischer Hütehund sein, eine Rasse, die von Natur aus auf komplexe körperliche wie intellektuelle Herausforderungen eingestellt ist. In ihrem Heimatland sorgen sich diese Tiere um den Zusammenhalt von Schaf- und Rinderherden. Der Familienalltag mit drei ausgiebigen Spaziergängen täglich entpuppte sich bald als vollkommen unzulänglich. Füchschen war immer in Bewegung, sie bellte die Nächte durch, durchzittert von einer Nervosität, die keinem von uns guttat. Mama fing an, ihr im Garten Riechspuren zu legen, um sie ausreichend zu erschöpfen, aber als sie auch mit zunehmendem Alter nicht gelassener werden wollte, man schien ihr, ganz im Gegenteil, eine wachsende Unruhe anzumerken, wurde mir klar, dass ihr alarmierendes Wesen kein vorübergehendes Symptom ihrer Jugend war, sondern dass Füchschen mit dem Kreuz der Vorahnung geschlagen ist, dass sie Katastrophen wittert. Wenn einer von uns in ein Unglück rennt, weiß Füchschen es schon Tage zuvor.

Füchschen, mein geliebter Unglücksengel, so ist es doch, nicht wahr? Du liebst uns Menschen und willst uns beschützen. Du achtest auf jeden Schritt, den wir tun, und lenkst uns, so gut es geht, an den Gefahren vorüber. Du weißt um unsere Dummheit und kannst unsere Gedanken lesen. Jetzt zum Beispiel weißt du, dass ich an dich denke, deshalb schielst du demütig zu mir hinauf, mit deinem asymmetrischen Blick, ein Auge blau, das andere grün, stellst deine rot-weiß befiederten Fledermausohren auf, wedelst mit deinem Fuchsschwanz und fiepst, als wärst du eben erst blind und nass auf den kalten Grund der Welt geflutscht.

Du hast Skadi das Leben gerettet. Das werde ich dir nie vergessen.

Füchschen weiß längt, wo wir hinwollen, und es kostet sie große Mühe, nicht einfach davonzulaufen. Denn Hans ist ein schlimmer Flaneur. Seit wir mit vollen Körben vom Markt losgelaufen sind, muss er dauernd stehen bleiben, muss er ständig seinen Bleistift hinterm Ohr hervorziehen, muss er jedes noch so schmucklose Häuschen stundenlang betrachten und von jedem öden Gestrüpp eine Zeichnung machen. Aber da biegt zum Glück schon die große Esche ihre Zweige im Wind, gleich sind wir da.

Im Schatten des 800 Jahre alten Baums, dem Wahrzeichen von Odinsgrund, ist ein Karussell aufgebaut. Die Gondeln hängen dicht über dem Boden und bilden in ihrer Form klassische Tiermotive nach. Die Tiere sind mit einem Glanzlack übergossen, der das Fratzenhafte ihrer Gesichter beängstigend hervorhebt, ihren Körpern etwas Spiegelglattes auferlegt. Ein einziges Mädchen sitzt in dem einzigen nicht tierischen Gefährt, einer Kutsche. Sie blickt drein wie eine echte Dame, würdevoll und wenig begeistert. Ihre Mutter steht mit einem weiteren Kind, das aus seiner Karre die besockten Füßchen streckt und zahnlos quiekt, am Rand des Fahrgeschäftes. Nach ein paar Runden tritt der Schausteller hinter der bunten Säule im Herzen des Karussells hervor. Er drückt einen roten Knopf, der auf der Höhe seiner Hüfte angebracht ist, das Kreiseln wird augenblicklich schwächer und verebbt nach einer weiteren Runde ganz. Die Mutter tritt an das Kleinkind heran und fragt, ob es noch mehr wolle. Das Mädchen nickt still, und auf die Frage hin, ob es nicht vielleicht mal das Schweinchen ausprobieren wolle oder den Löwen, ob es denn allein diese Kutsche sein solle, nickt das Mädchen entschiedener und hebt stolz das Kinn. Die Mutter drückt dem Schausteller ein Geldstück in die Hand, und der Schausteller drückt den roten Knopf.

In Hans' Bleistiftskizze gähnt der Schausteller an das Karussell gelehnt und das Mädchen sitzt lächelnd in seiner Kutsche, wie eine frisch gekrönte Königin.

Mit Mundschutz und Taucherbrille öffnet Leif uns die Tür. In der Küche wird Lou Reeds *Wild Child* von krachenden Schlägen auf Beton zerhackt. Graue Staubdünen wellen sich sanft über den Fußboden im Flur. Die Staubkörner sind so winzig, dass das Profil unserer Schuhsohlen dort wie in Wachs gedrückt zurückbleibt. Füchschen ist uns vorausgelaufen. Die Spur ihrer Pfotenabdrücke führt direkt zu Skadi.

Leifs Augen leuchten in dem Teil seines Gesichtes, der dank der Taucherbrille nicht grau vom Baustaub überzogen ist. Die Atemschutzmaske zieht er nur kurz nach unten, um »Hallo« zu sagen und ein Lächeln zu bezeugen. Es kitzelt tatsächlich sofort in den Bronchien.

Skadi drischt mit einem riesigen Hammer einen Backstein aus dem Loch in der Mauer. Der Stein plumpst ungelenk auf einen flachen Geröllberg hinter dem Durchbruch. »Nur noch einen!«, ruft Skadi und schlägt erneut zu, ein zweites Mal, ein drittes Mal, ein viertes Mal, ehe sich der nächste Stein zu lösen gedenkt.

»Astrein verfugt. Man muss der Wand jeden Zahn einzeln ziehen«, sagt sie und hustet.

Während die Küche noch eine unbewohnte Schutthalde ist, der Flur ein Staubstrand, lässt das Wohnzimmer erahnen, was für ein einladender Ort aus der alten Schule werden könnte.

Und Skadi hat nicht übertrieben: Fünf riesige Aquarien tapezieren die Längsseite des Klassenzimmers. Im Gänsemarsch nehmen wir die Steinstufen in den langen lichtbedachten Raum hinab. Der Steinfußboden schickt sofort eine angenehme Kühle durch die Gummisohlen meiner Stoffschuhe.

Hinter der Glasfront schweben Fischformationen, deren samtige Farbzeichnung zwischen Nachtblau und Neongelb variiert, keine einzige Schuppe ist zu erkennen, so fein sind ihre schlanken Fischleiber bemalt. Ich stecke einen Finger ins Wasser und probiere. Es schmeckt tatsächlich salzig.

»Gefällt's dir?«

Skadi ist hinter mich getreten. Ihre Augen glitzern.

Auf dem Podest gruppiert sich das alte Sofa unserer Eltern mit zwei massiven blauen Sesseln aus Leifs Haushalt zu einer Sitzecke. In dem lackierten Kieferncouchtisch, auf dem Skadi uns Kaffee serviert, ist noch der Abdruck meiner Milchzähne zu erkennen, zwei winzige Kerben im Holz, das Fossil eines frühkindlichen Wutausbruchs.

Leif steckt sich eine Zigarette an und lacht, als Skadi uns über das weitere Vorgehen aufklärt. Das Gummiband der Taucherbrille knickt Leifs Ohren so ab, dass die Ohrspitzen horizontal von seinem Kopf wegweisen. Hans hat die Hände hinterm Rücken ineinandergelegt wie ein aufgeräumter Pfarrer. Seine Augäpfel folgen den irrlichternden Bewegungen der bunten Korallenfische. Besonders einer Spezies blaugelb gesprenkelter Kofferfische hat er es angetan. Eines der Fischchen stößt mit seinem Maul immer wieder frontal gegen das Glas, als wolle es ihn küssen.

Ich nehme gerade den ersten heißen Schluck Kaffee, als es platscht. Synchron reißen wir die Köpfe herum. Hans' rechter Arm taucht hinter der Glasscheibe des Aquariums tiefer und tiefer, hinab bis auf den Grund. Die Fische sind durch den übermächtigen Riesenarm, der jetzt ihren Meeressand durchwühlt, keineswegs verwirrt. Sie reiben sich an der haarigen Menschenhaut und spucken fröhlich Blasen. Wir dagegen sind geschockt. Ich beiße mir auf die Lippe, um nicht zu fragen: »Was machst du da?« Denn ich sehe ja, was Hans da macht. Er zieht den Arm jetzt langsam aus dem Becken. Die Fische klammern sich mit ihren Mündern an ihm fest. Sie geben dem Eindringling so viele Küsse mit auf den Weg, dass wir es sogar hier draußen schmatzen hören. Und dann hält er die Hand in die Luft, es tropft und tropft, und zwischen Daumen und Zeigefinger eingeklemmt schillert ein silberner Taler. Eine pfenniggroße Münze hat Hans da aus dem Salzwasser gefischt. Wie die dort hineingefunden hat, kann Leif sich nicht erklären. »Alle Aquarien sind frisch renoviert«, insistiert er kopfschüttelnd und starrt auf den Taler, den Hans uns mit ritueller Konzentration präsentiert. Erst von der einen Seite: Hier zeigt die Prägung eine große Esche, deren Äste und Blätter sich zu einem Planeten runden, dann von der anderen Seite: hier zeigt die Prägung einen Reiter mit Speer und Schild. Der Reiter hält ein Auge geschlossen, über seinem Kopf flattern zwei Raben.

»Ist das vielleicht Spielgeld?«, fragt Leif.

»Nein«, sagt Skadi, »das ist echtes heidnisches Schatzgeld.«

Hans besieht sich den Taler noch einmal ganz aus der Nähe, dann drückt er ihn mir in die Hand. Ich spucke drei Mal auf den Taler und stecke ihn in meine Hosentasche.

Ich habe Zweifel, ob unsere Eltern es wirklich gut finden, wenn wir ihnen zum Hochzeitstag Hühner schenken. Das Pferd hat schon so viel Konfliktpotenzial, darüber streiten sie sich dauernd. Skadi und Leif aber sind sich sicher: »Mama steht voll auf Bio-Eier«, und dass Oskar sich über einen weiteren Schritt in Richtung Bauernhof freue, ja dass ihm mehr Eigenverantwortung guttun würde, könne ich mir ja denken.

»Es ist so«, sagt Skadi, »Mamas Putzaufträge unterfordern ihn. Er braucht eine Expertise, die Mama nicht hat, etwas, das sie anerkennt. Also, was sagst du?«

Die Argumentation leuchtet mir ein. »Abgemacht!« Meine plötzliche Zustimmung kommt übertrieben laut aus mir heraus, sie hallt von allen Wänden wider.

Das alte Klassenzimmer ist geräumig wie ein Kirchenschiff. Ich trinke meinen Kaffee und sehe dabei zu, wie sich Tischreihen aufbauen, Kinder in sauberen Hemden mit ledernen Schulmappen rennen umher, ein heiteres Gelärm erfüllt den Raum, und das Haar der kleinen Emma ist so weiß und so kraus, dass der kleine Oskar es für Zuckerwatte halten muss.

Wo meine Eltern lesen und schreiben lernten, spielen Skadi und Leif jetzt abends Mau-Mau.

Durch die großen Fenster kann man die alte Esche sehen. Das Karussell ist jetzt bevölkert von einer Gruppe gleichaltriger Kleinkinder, die ähnlich farbenfroh gekleidet sind wie die Fische im Aquarium. Alle Tiere des Karussells werden jetzt beritten.

Der Schausteller hat seinen Posten verlassen. Wie ein Riese sitzt er in der winzigen Karussellkutsche. Seine Knie befinden sich, so angewinkelt, auf gleicher Höhe mit seinen Schultern. Er isst eine Wurst. An seiner Nasenspitze glänzt ein Tupfer Senf. Die Kinder freuen sich so sehr darüber, auf den hängenden Tieren zu schaukeln, dass ihnen gar nicht auffällt, dass sich das Karussell nicht dreht.

Leif setzt den Blinker und fädelt den Wagen in eine maßgeschneiderte Lücke zwischen zwei Trucks. Das schonungslose

Mittagslicht hat die schwarzen Armaturen derart aufgehitzt, dass ich es zischen höre, als ich meinen Ellbogen unbedarft in der Fensteröffnung abstütze. »Hah!«

Wir haben alle Fenster runtergekurbelt und lassen uns vom Fahrtwind ohrfeigen. Hans ist auf der Rückbank ganz dicht an mich herangerückt. Er hat den Arm um mich gelegt. Der Rückspiegel zeigt, wie sein blond behaartes Kinn über meinen Hals kratzt.

»Ich fress dich«, flüstert er mir ins Ohr und schaut mich eindringlich an. Aber mir ist es viel zu eng in seiner Umarmung.

»Rutsch mal ein bisschen!«, sage ich und schiebe ihn von mir weg.

Skadi wirft die Andeutung eines Blicks über die Schulter. Sie reibt ihre Handflächen energisch aneinander und ruckt die Schultern im Takt der Musik.

Ehe wir wirklich Tempo machen können, blinkt Leif schon wieder und fährt von der Autobahn ab.

Die Landstraße mäandert schwungvoll durch das sommergrüne Auetal. Hans hat seine Pfeife angezündet und pafft. Wir rauchen auch. Die Zigarette schmeckt mir überhaupt nicht. Der Rauch tut in der Kehle weh. Ich rauche sie trotzdem bis zum Filter auf.

Auf der klarblauen Himmelsplane liegen lose Wolkenfussel verteilt. »Wisst ihr, was das ist?«, fragt Hans. Kopfschütteln. »Fliegendes Eis.«

Das Wetter interessiert ihn sehr. In seinem Atelier hortet er eine ganze Bibliothek von Büchern über das Wetter. Jedes Mal, wenn ich ihn dort besuche, beginnt er früher oder später, sich darin zu vertiefen.

Seine Erkenntnisse lassen sich schwer logisch wiedergeben, nur eines steht fest: Das Wetter ist sehr kompliziert.

Als unser Weg direkt an der Aue vorbeiführt, hängt Skadi bis zur Hüfte aus dem Fenster: »Lasst uns baden gehen!«, ruft sie, und das Wasser sieht mit seinen glatten Strombuckeln und seiner gläsernen Klarheit wirklich einladend aus. Auch ich schaue versucht auf das Glitzern. »Jetzt nicht!«, sagt Leif. »Erst mal müssen wir die besten Hühner abgreifen.« Wir lachen. Hans hat den Kopf von mir abgewandt, etwas ungewohnt Abwesendes geht von ihm aus.

Auf dem Schild zur Geflügelfarm ist mit wenigen Strichen ein Vogel abgebildet, der einem Geier ähnlicher sieht als einem Huhn. Über eine steile Schotterpiste schleppt sich der Opel auf den Hof. Im Schatten vor dem Wohnhaus putzen sich zwei Katzen. Ein pralles Nymphchen mit makellos pudriger Gesichtshaut zieht sich in der offenen Haustür telefonierend ihre Turnschuhe an. Sie steckt das Telefon an eine Halterung an ihrer Gürteltasche und kommt auf uns zu.

»Fünf Legehennen, bitte!«, sagt Leif.

»Mir nach!« Das Nymphchen stapft los.

Unter ihrer weißen Leggins zeichnet sich ihre Baumwollunterhose ab, die mit rot-gelb-grün leuchtenden Ampelköpfen bedruckt ist. Das Nymphchen öffnet das Gatter. Der Trecker muss abrupt halten, als sie ihm vor die Sense springt, ohne auch nur zur Seite zu blicken. Ihr prächtiger Pferdeschwanz schwingt gleichmäßig in ihrem Nacken, wie ein Metronom, das ihre patenten Bewegungen noch effektiver organisiert. Wir haben Mühe, mit ihr Schritt zu halten, so unbeirrt rennt sie auf den frei stehenden Flachbau im Zentrum der Wiese zu, wackelt mit ihrem Ampelhintern, telefoniert schon wieder.

NYMPHCHEN *zu UNS:* Wie viele?

SKADI: Fünf!

NYMPHCHEN *ins Telefon:* Nein, leider nicht. Morgen wieder.

Zu UNS: Welche?

ICH: Von jedem eins!

Wir stehen zu viert an der kleinen Luke, durch die das Nymphchen in den Hühnerstall geschlüpft ist. Dort drinnen sieht es sehr gemütlich aus. Auf der Fläche, die mit Kleintierstreu bedeckt ist, picken die Legehennen: »22 Wochen alt. Sie legen bald Eier.« Wo das Nymphchen ihre Schritte setzt, stieben die Hennen von ihr fort. Das Nymphchen packt zu, greift ein braunes an den Fitschen, presst es in den Umzugskarton, den Skadi ihr entgegenhält, dann ein schwarzes, dann ein graues, Skadi klappt den Karton zu, ich bin mit meinem an der Reihe, ein weißes, noch ein braunes, das entwischt, kurz auffliegt, sich von Hans aus der Luft fangen lässt, ich klappe die Pappdeckel zu.

»Sieben Euro das Stück!«, sagt das Mädchen und streckt Leif die flache Hand entgegen. Die Scheine verschwinden in ihrer Gürteltasche, an der das Telefon schon wieder alarmierend blinkt. Sie dankt, nimmt ab und rennt, den Pferdeschwanz schleudernd, über die frisch gemähte Wiese zurück auf den Hof.

Der Karton, den ich zum Auto trage, ist ganz leicht. Nur das wilde Flattern darin deutet darauf hin, dass ich zwei 22 Wochen alte Legehennen vor mir hertrage.

Meine Oberschenkel sind ganz warm, weil die Hühner im Karton vor lauter Aufregung fleißig gekackt haben. Ihre Krallen scharren an der Pappe. Glucksend fragen sie sich in der Dunkelheit: Was ist hier los? Was soll das bloß? Wo bringt man uns nur hin? Ist es etwa schon so weit? Ach du Scheiße, ist das Leben kurz!

Skadi räuspert sich und sagt: »Ich hoffe ...«, doch da schneidet ihr ein peitschendes Tuten das Wort ab. Die Hühner kreischen auf.

Ein gewaltiger Donner rollt von hinten auf uns zu. Soldatisch stellen sich alle Härchen am Körper auf.

Die Bahnlinie, an der wir entlangfahren, ist lange stillgelegt, von Unkraut erobert. Eine dünne Mooshaut hat sich bereits über den rostigen Stahl gezogen. Von den Hochspannungsleitungen sind nur die Pfähle noch übrig, kein Draht, kein Kabel, keine Verbindung. Und doch: ein Tuten! Ich fahre herum.

Die Dampflok stößt von hinten auf uns zu. Schwarz und schwer, von Rauch umzüngelt, poltert sie über die brüchigen Gleise, ist blitzschnell auf gleicher Höhe mit dem Opel. Ihr mächtiger Stahlleib schiebt sich vor die Sonne, sodass wir im Schatten neben ihr herrollen. Es ruckt und hakt an der Maschine, wo man auch hinschaut; ein komplexes System aus Stäbchen und Rädchen und Ührchen und Schräubchen bringt das behäbige Ungetüm zum Rollen, die kleinen Räder bewegen sich geschmeidig, scheinbar mühelos, während alles an der Lok ächzt und schwitzt. Das zischende Vorantreiben der Räder hat tatsächliches etwas Atemloses: zischen, stoben, donnern, tuten, die ganze Anstrengung muss entäußert werden, jede Umdrehung der Räder ein ehrgeizig errungener Sieg.

Man möchte dem Ungetüm ein Glas Wasser reichen, so verausgabt kommt es daher, es schleudert dicke Schweißtropfen in den Fahrtwind, und doch hätte die Lokomotive Kraft genug, den kleinen Opel und alles, was er mit sich führt, vier Menschen- und fünf Hühnerherzen, noch durch die zaghafteste Berührung in ein geistloses Gemisch aus Blech und Blut zu verwandeln.

Sonnenlicht flutet den Wagen. Sofort wird es warm. Der rechteckige Durchgang in der Führerkabine gibt die Sicht frei auf den Heizer. Wie ein Schlüsselloch in einer weißen Tür befindet sich sein Körper inmitten des Durchgangs. Ich schirme die Hand über die Brauen, um mehr als seine Silhouette zu erkennen.

Das runde Gesicht des Heizers glüht rot und rußgeschwärzt über der Feuerluke, in die er Kohlen schaufelt. Seine Bewegungen sind so treffend genau, dass auch er sofort zu einem willenlosen Element in der Hierarchie der mächtigen Maschine wird. Erst als er die Luke schließt, sich mit der flachen Hand die Hitze vom Gesicht wischt und die Heizerkappe aus der Stirn schiebt, wird er lebendig. Reingewaschen grün leuchten seine Augen in unsere Richtung. Der Ruß hat sich in allen Falten gesammelt und die Haut des Heizers wild bekritzelt. Wie Handbälle stützt er seine riesigen Fäuste in die Hüfte. Breitbeinig steht der Heizer auf dem buckelnden Deck der Lokomotive. Sein Lachen ist zahnlos und bitter.

Das Licht erlischt. Wir sind wieder im Schatten.

Hinter den Spitzengardinen der Waggonfenster winken uns fröhlich die welken Händchen einer Gruppe Rentner zu. Wir winken zurück.

Leif hat das Tempo extra verlangsamt, sodass wir der Rauchwolke noch eine ganze Weile hinterherblicken können, ehe sie in der Ferne mit der Atmosphäre verschmilzt.

*

Wir stapeln die Kartons in Omas Scheune und beschweren die Pappdeckel mit den Turnschuhen des Hünen, die zerlöchert auf dem Werkzeugwagen stehen. Ungläubig untersucht Hans den rechten Schuh. Wem die gehören, will er wissen. »Magic«, antworten Skadi und ich im Chor. Er stellt den Schuh neben seinem eigenen Stiefel, der im Vergleich augenblicklich zu einem unschuldigen Spielzeugstiefel verkümmert. Der Schuh des Hünen ist doppelt so lang, doppelt so breit, und als Hans ihn wieder auf dem Karton platziert, muss er sich fragen, wie groß der Mensch im Ganzen sein mag, der in solchen Schuhen geht.

»Keine Angst«, sagt Leif, »er ist ein friedlicher Riese.«

Vier große Motorräder funkeln blank poliert neben der Hebebühne. Der Fuhrpark von Magic hat sich um eine giftgrüne Kawasaki erweitert, ein junges makelloses Rennpferd, kaum 5.000 Kilometer weit geprescht. Daneben türmt sich ein großer Berg Kartoffeln auf. Ein Holzleistenquadrat sorgt dafür, dass die neuen Kartoffeln gesammelt bleiben, dass sie nicht zwischen die Motorräder kullern.

»Oma?«

Auf der Diele ist es so still, dass man nur das Ticken der großen Standuhr hört.

»Oma?«

Hinter dem gemaserten Gelbglas der Wohnküche bewegt sich etwas, eine zarte, verzerrte Form, die sich ausweitet. Skadi und ich sind schneller. Wir öffnen die Tür und treten in den Rahmen. Über das glänzende Laminat läuft Oma auf uns zu. Sie humpelt nicht, die Schmerzen sind ihr nur deshalb anzusehen, weil sie das Gewicht ihres Oberkörpers schräg nach vorn verlagert, sodass ihr linkes Hüftgelenk entlastet wird. Sie gibt jedem von uns einen spitzen Kuss auf die Lippen, erst Skadi, dann mir, und läuft zum Küchenschrank, zwei Tassen herausnehmend, zwei Teller.

»Dürre, bist du, Edda, ganz dürr!«

Ich bin kurz versucht, gleich mit der Sprache herauszurücken, aber Skadi hält mir den Mund zu, als ich tief Luft hole.

Den alten Zuckerkuchen, den Oma in ihren Kaffee stippt, will sie uns nicht anbieten. Alle Einwände sind vergeblich, schon ist sie im Keller verschwunden, schon kehrt sie mit einem eingefrorenen Frankfurter Kranz zurück. Bitte nicht! Das Halogenlämpchen der Mirkowelle wirft einen Spot auf den sich drehenden Kuchen wie in einer Werbesendung.

Oma sieht blass aus. Unter ihren Augen glitzern kleine Schweißperlen.

»Hast du Fieber?«

»Ach, Quatsch!«

Ich halte meine Hand an ihre Wange; ihre Haut ist angenehm kühl. Sie nimmt meine Hand aus ihrem Gesicht und schneidet zwei immense Stücke Frankfurter Kranz für uns ab. Keine Einwände möglich, auch wenn ich Frankfurter Kranz nicht ausstehen kann, muss ich diesen Berg aus Sahne und Krokant irgendwie in mich hineinkriegen. Wir löffeln tapfer, spülen mit Kaffee nach und loben das Selbstgebackene, wie es sich gehört. Doch Oma achtet gar nicht darauf, ob wir ordentlich essen. Sie hat den Blick niedergeschlagen, ihr Gesicht ist verkrampft.

»Schmerzen hab ich heute«, sagt sie, »ich kann mich kaum rühren. Herr Kafka macht das schon gut. Aber das hält nicht lang an.«

»Herr Kafka?«

»Na, der Masseur.«

Es sind nicht die schicksalhaften Krankheiten, die im Alter über sie gekommen sind, es ist der Verschleiß. Erst die Kniegelenke, dann die Hüftgelenke. »Abgenutzt«, so sagt es Mama, »ihr ganzes Leben hat sie nur gerackt«, und wünscht sich, dass Oma es doch endlich einsehen möge, dass es jetzt etwas langsamer gehen darf, dass ihr der Garten über den Kopf wächst, wenn sie weiterhin so stur bleibt.

»Gehen wir auf die Terrasse?«, schlage ich vor.

Skadi rülpst.

»Lecker, Oma, wirklich ganz lecker!«

Der Josephstropfen, den Oma uns draußen zum Nachtisch serviert, kommt gerade recht. Ich habe mir den Kuchen unter Auferbietung aller Kräfte reingequält – für Oma, für Oma, habe ich bei jedem Haps gedacht. Jetzt ist mir schlecht.

Von der windgeschützten Plattform, auf der wir sitzen, fällt ein sorgsam arrangiertes Blumenbeet zum Rasen hin ab. Stockrosen, Sonnenhut, Rittersporn, Steinquendel, eine Schwarzäugige Susanne rankt an den verzahnten Holzbalken auf. Alle Blumen sind frisch und gesund. Oma bückt sich, um ein trockenes Blatt aus dem Farn zu reißen, und zerdrückt es in ihrer Faust. Sie legt es auf den Tisch, wo es sich knisternd wieder entknüllt.

»Die Frühkartoffeln sind gestern raus«, sagt sie und zeigt auf den kleinen Acker. Ihre Hände sind von der Arbeit so angeschwollen, dass der schmale Goldring in ihren Finger schneidet. Opa ist kurz vor meiner Geburt gestorben. Skadi und ich kennen ihn nur aus den Geschichten.

Eine Schwarz-Weiß-Fotografie von ihm hängt über dem Kamin auf der Diele. Darauf guckt er ganz ernst, und man sieht es seinen Zügen trotzdem an, dass er kurz zuvor noch damit beschäftigt war, die Fotografin zum Lachen zu bringen. Mama hat das Bild gemacht, mit ihrer ersten Spiegelreflexkamera. Auf dem Foto ist Opa ungefähr Mitte vierzig, genauso alt wie Magic heute, und es besteht kein Zweifel daran, dass der Sohn dem Vater so sehr gleicht, dass es Oma unmöglich ist, ihn zu vergessen.

Sie hat lange getrauert. In meinen ersten Erinnerungen erscheint auch sie in Schwarz-Weiß; schwarz die Kleider, weiß das Haupt.

Oma benimmt sich seltsam melancholisch heute, sie schimpft nicht über meine abgetragenen Schuhe, sie fragt nicht, ob ich endlich einen gescheiten Mann an Land gezogen habe, und erzählt uns kein Fünkchen Gossip aus dem Dorf, wer welches neue Leiden hat, wer von wem getrennt, wer geboren, wer gestorben ist, sie erzählt es nicht. Bei jedem Wort von Skadi oder mir, so banal es auch ist, muss sie die Tränen zurückhalten, und das, obwohl sie ihrem schönen Garten gegenübersitzt, unserem Kindheitsgarten, an dem sie sich sonst immer erfreut, wo alles blüht und wächst, ihr mit glühender Heiterkeit für die bedächtige Pflege dankt. Zeit, sie aus der Reserve zu locken.

ICH: Ist Magic auch da?

OMA: Der schläft. Hat Nachtschicht. Wie lange bleibst du, Kind?

ICH: Ein paar Tage.

OMA: Ach, das lohnt ja gar nicht.

SKADI: Mama und Oskar feiern heut Abend. Kommst du?

OMA: Nein!

SKADI/ICH *im Chor:* Doch, Oma, doch!

OMA: Der soll erst mal zur Vernunft kommen, euer Vater. Dass er die Finger nicht von dem kranken Gaul lassen kann.

OMA schlägt mit der Hand auf den Tisch.

OMA: Aua! Und eure Mutter muss sich auch nicht extra so eine Wirtschaft machen. *OMA schlägt mit der Hand auf den Tisch.* Aua! *Eine Träne springt gegen ihr Brillenglas.* Es wird einfach nicht mehr besser. Jetzt geht es nur noch bergab!

SKADI/ICH *im Chor:* Oma!

OMA: Dass ich mal so krüppelig werden musste, aber es hilft ja nichts, ich bin nun mal als Nächstes dran.

SKADI/ICH *im Chor:* Unsinn!

OMA: Einmal sind wir alle dran!

ICH: Ich habe jemanden mitgebracht, den würde ich dir gerne vorstellen.

OMA *hebt die Brille an, drückt mit einem Stofftaschentuch einmal fest auf jedes Auge:* Das wird aber auch Zeit, Kind! Du wirst bald 30!

Eine Wolke Spatzen fliegt vom Rasen auf und nimmt Platz in OMAs Kirschbaum.

Der Josephstropfen schmeckt nach Honig und macht mich angenehm schwer. Skadi gähnt so großmäulig, dass ich ihr rosa Zäpfchen im Rachen schaukeln sehe. Dann sagt sie: »Komm, wir trinken noch einen!« Das gefällt Oma. Nach dem dritten Schnaps findet sie allmählich in ihre übliche dominante Grundstimmung zurück. Sie lobt Skadis Tüchtigkeit: »Was ihr da in der alten Schule rackt«, und regt an, Kinder zu kriegen.

»*Du* brauchst erst mal einen vernünftigen Mann«, sagt sie zu mir. »Aber bei euch kann's losgehen!«, zu Skadi. Wir nicken.

Dann fragt sie: »Und wann kommst du jetzt zurück nach Hause, Edda?«

Und wie immer weiß ich darauf nichts zu sagen.

Für Oma stand von Anfang an fest, dass mein Entschluss, wegzugehen, auf einem Irrtum gründete, dass ich in der Fremde schnell einsehen würde, dass es nur einen einzigen richtigen Ort für mich gibt, und dass ich dann reuevoll nach Odinsgrund zurückkehren würde. Dieser Tag ist bis heute nicht gekommen, und ich habe keinen Zweifel daran, dass es richtig war, zu gehen.

Die Erinnerung an meinen ersten Theaterbesuch hüte ich wie einen Schatz: Kurz vorm Abitur fuhren wir mit der Schule ins Schauspielhaus. Schon der Name *Schauspielhaus* imponierte mir. Schon Wochen vor dem Ausflug wiegte ich ihn, wenn ich allein in meinem Zimmer war, in meinem Mund hin und her. Und als wir dann leibhaftig vor dem *Schauspielhaus* standen, unser Deutschlehrer über die Geschichte des Hauses referierte, da wurde mir, wie ich da schüchtern im Anorak zwischen den großen Säulen stand, ganz feierlich zumute.

Wie sorgsam man mir drinnen den Mantel abnahm, wie behutsam man die Treppen hinaufstieg und in den Saal gelangte, gepolsterte Sitze, eine Konzentration in den Reihen, schon bevor das Stück begann, und als es dann begann, als die Schauspielerin Luft holte, ihr Gesicht aufging und sie in dieser absolut klaren Art zu sprechen begann und ich begriff, dass mir hier jetzt leibhaftig, mit ganzer Körperwucht, eine Geschichte erzählt werden würde, schlug ein Blitz bei mir ein.

Oskar brachte mich mit einem kleinen Anhänger nach Berlin. Er half mir die Sachen hochzutragen, baute schnell noch ein Regal, in das ich meine ganzen elf Bücher stellen konnte, und obwohl er den weiten Weg zurück erst am nächsten Tag antreten wollte, fuhr er, nachdem alles hergerichtet war, noch am selben Abend zurück. Und erst da, als Oskar auf dem Treppenabsatz noch einmal zu mir aufsah, als er die Hand hob und gründlich zum Abschied lächelte, als seine Schritte die Treppe hinabfielen und schließlich mit dem Schlag der Haustür verstummten, empfand ich einen solchen Schmerz, dass ich ihm am liebsten hinterhergerannt wäre, ich wollte ihn bitten, meine elf Bücher sofort wieder einzuladen und mich mit zurück nach Hause zu nehmen, ich wollte ihm wenigstens nachgehen und ihm noch einmal für alles danken. Aber da rief schon jemand aus der Küche nach mir.

Ich antworte Oma nicht auf ihre Frage, sondern verrate ihr stattdessen, dass ich vorhabe, ein neues Stück zu schreiben, ein Stück über die Nachtschicht im VW-Werk.

»Das find ich gut«, sagt sie. »Magic redet ja nur davon. Da arbeiten nur Kindsköpfe.«

Oma wedelt mit der Hand in der Luft, als würde sie unerwünschte Fliegen verscheuchen, und schüttelt den Kopf über ihren Sohn, der ihrem Heinrich auch in Charakterdingen so sehr ähnelt.

»Guck mal! Da ist sie wieder!«

Eine Krähe hat vor uns im Blumenbeet Platz genommen. Ihr Gefieder ist vom gleichen Licht schluckenden Schwarz wie ihre Augen. Sie ruckt mit dem Köpfchen, macht einen Hops und landet auf den Waschbetonplatten der Terrasse.

»Kannst du mal runter in die Küche gehen? Da liegen noch Kartoffelschalen.«

Als ich zurückkomme, sitzt die Krähe mitten auf dem Tisch. Oma streichelt sie, als wäre sie ein Kätzchen. Ich lege die Kartoffelschalen auf den Boden und setze mich so langsam und lautlos, wie es nur geht. Ein Sausen nähert sich. Die rote S-Bahn schießt leuchtend durch Omas Garten. Die Krähe krächzt und fliegt nicht auf.

»Oma?«, fragt Skadi. »Hast du eigentlich noch diesen alten Laufstall von den Kaninchen?«

»Das weiß ich nicht.«

Es dauert einen Augenblick, ehe sie Verdacht schöpft. Die Krähe hebt sich mit einem Sprung in die Luft und lässt sich vom Wind auf den Dachgiebel wehen.

»Wir schenken Mama und Oskar zum Hochzeitstag ein paar Hühner«, sage ich fest, als gäbe es da gar nichts zu diskutieren.

Oma schlägt mit der Faust auf den Tisch und steht auf:

»Seid ihr doll geworden? Fangt doch nicht wieder damit an!«

Sie humpelt ins Haus, wir halten uns an den Händen, beißen die Zähne zusammen, laufen ihr nach.

OMA: Wisst ihr, was das für eine Arbeit ist?

Nicken.

OMA: Das macht ihr nicht, nein!

Nicken.

»Ich habe auch gar nichts mehr da, was ich euch geben kann, gar nichts!«, sagt sie, und da stehen wir schon in der großen Scheune. Skadi zeigt auf die Umzugskartons, in denen es ganz still geworden ist: »Jetzt haben wir sie aber schon geholt.«

Hans öffnet den oberen Karton und hebt das schwarze Huhn heraus, das ganz schlaftrunken aus der Dunkelheit hervortaucht, sich kein bisschen regt.

»Das ist aber schön, guckt mal, mit Goldkragen«, sagt Oma, und als sie, ein Lächeln unterdrückend, über die goldenen Federn der Henne fährt, wissen wir: Die Nuss ist geknackt.

Ein Glück, dass Oma gar nichts aufbewahrt hat, sonst hätten wir jetzt keine Tränke, keine Futterrinne. Im Geräteschuppen finden wir dann auch den Kaninchenstall; ein Holzgestell, unten offen, zum Grasen, das mit Hasendraht verkleidet und oben aufklappbar ist. Ohne dass ich ihn bitten müsste, macht sich Hans an die Instandsetzung des Käfigs. In der Scheune findet er Hammer, Nägel und eine Drahtschere. Oma begutachtet seine tadellosen Handgriffe und nickt mir anerkennend zu. Skadi säubert die Tränke, ich die Futterrinne, Leif läuft nervös hin und her und freut sich über den ganzen Trubel.

Alle fünf stehen wir, die Köpfe nach vorn geneigt, über dem Käfig. Die Hühner durchschreiten neu erwacht und glucksend ihr provisorisches Quartier. Das weiße Huhn hat ähnlich wie das schwarze einen hübschen Kragen um den Hals. Es hat auch schon den höchsten Kamm. Wir schließen Wetten ab, wer das erste Ei legt. Namen geben wir den Hühnern nicht.

Bis nach dem Essen bleiben die Hühner hier bei Oma. Es soll eine Überraschung werden.

»Ich komme später noch mal rüber, zum Füttern«, sage ich.

»Das mach ich schon«, sagt Oma und leert die Umzugskartons über dem Mist.

Seit Hans das schwarze Huhn mit dem goldenen Kragen aus der Kiste gehoben hat, sind ihr keine Schmerzen mehr anzusehen.

*

Der stählerne Riegel des Zaungitters klackt, kein Füchschen kommt mir entgegen. Auch als ich laut durch meine Zahnlücke pfeife, lässt sich der Hund im Garten nicht blicken.

Mamas Garten ist nur halb so groß wie der von Oma. An und auf und um und in dem Rasenquadrat befinden sich durchkomponierte Blumeninseln, die von groben Sandsteinen begrenzt werden. Weil Mama immer neue Ideen kommen für neue Beetkonstruktionen, schrumpft die Rasenfläche Jahr für Jahr mehr zusammen. Die Beete, einige sind rund, einige erhöht, bevölkern den Garten wie eine Zusammenstellung besonders aussagekräftiger Exponate, die man zu dicht nebeneinandergerückt hat und die sich dadurch gegenseitig aufheben. Auf keines der Beete kann man sich richtig konzentrieren, immer reißt der Blick zum nächsten aus: Rittersporn und Katzenminze, Indianernessel, Fette Henne, Zinnien, Astern, Stockrosen, viele Namen der Pflanzen kenne ich nicht.

Mama kennt sie alle. Es könnten nie genug sein. Und wenn noch ein paar Jahre ins Land gehen, wird Mama auf schmalen Rasenlinien zwischen all den steinumschlossenen Blumeninseln balancieren müssen. Vielleicht werden es dann sogar mehr Steine sein als Blumen, denn wo sie einen schweren

Stein entdeckt, will meine Mutter ihn haben, und Oskar bückt sich und schleppt, dass sich ihm das Kreuz biegt.

Auf eine Gartenliege gebettet, starrt Oskar mit dem Fernglas rauf zum Deister. Seltsam verkrampft, als könne er auch die Arme nicht richtig gebrauchen, hält er die Linsen ans Gesicht.

»Die Kraniche sind schon unterwegs.«

Über der satt begrünten, gebirgsförmigen Laubkrone des Deisters zeichnet sich keilförmig eine gestrichelte Linie gegen den Abendhimmel ab. Oskar reicht mir das Fernglas:

Blaue Fläche, graue Fläche, weiß, grün, hier das Astwerk der Buchen, die spitzen Köpfe der Kiefern, nicht statisch, leicht bewegt, als wäre eben eine Ladung Schnee von den Zweigen herabgerutscht und sie müssten ihren festen Stand zunächst noch taumelnd nachjustieren. Darüber: eine graue zwinkernde Form, unscharf. »Oben ist ein Rädchen zum Scharfstellen«, sagt Oskar, als könne er sehen, was ich sehe. Das Rädchen nach links gedreht, wie die Unschärfe sich ausdehnt, nach rechts gedreht, da sind sie, sehr nah, ich spüre selbst, wie ich erschrecke, ein Stück zurückweiche, Oskar lacht: »Siehst du sie?«

Die wattierten Flügel haben enorme Spannbreite, der rückwärtige schwarze Teil der Schwingen mündet in Federfingern, die abgespreizt im Luftwiderstand vibrieren. Die Füße, geradegespannt zu einer Ruderpinne, halten den bewegten Federkörper auf Kurs. Wie im Sturzflug fällt der Kopf an dem langen weißen Hals nach unten ab. Monoton klagend öffnet sich der Schnabel, verschließt sich, öffnet sich.

Das klagende Geräusch begleitete mich die gesamten 75 Meter von Omas Haus zu unserem Haus hinüber. Ich hielt es, ob seiner gedämpften uneindeutigen Lautstärke für ein Alarmsignal in meinem Kopf.

Mit der Gelassenheit von Triathleten, ruhend und kraftvoll,

zieht die Formation der Kraniche über den Deister hinweg.

»Das habe ich noch nie erlebt, dass sie so früh losziehen«, sagt Oskar.

»Und diese Wolken?«, frage ich.

In den blauen Abendhimmel wachsen weich konturierte Wolkenberge. Die Wolken scheinen sich in zwei Richtungen gleichzeitig zu bewegen. Während ein zunehmender Wind sie über das Land treibt, steigen sie gleichzeitig, aus sich selbst heraus wachsend, dem Himmel entgegen.

»Gewitterköpfe«, murmelt Oskar.

Ich lasse das Fernglas sinken. Aus der Distanz sehen die Wolken viel dunkler aus als durch das Fernglas.

»Komisch, es riecht gar nicht nach Regen«, sagt Oskar.

»Vielleicht gibt es kein Gewitter«, sage ich.

»Doch«, sagt er, »gewittern wird es in jedem Fall.«

Eine Weile schauen wir den Wolken dabei zu, wie sie sich majestätisch über dem Wald auftürmen. Ich bekomme eine Gänsehaut.

»Wo ist denn der Hund?«, frage ich und hole Oskar von weit her, denn einen Moment lang schaut er mich an, als warte er noch darauf, dass ich eine Frage ausspreche, dann entzerrt sich das Furchengeflecht um seine Augen.

»Keine Ahnung«, sagt er und hält eine Hand vor seine Brust, als wolle er vor mir verstecken, dass sich der Brustkorb durch den Bruch ein gewaltiges Stück nach vorne ausgebeult hat. Und ich kann da tatsächlich nicht lange hinschauen. Er sieht wirklich schlimm aus, mein verbogener Oskar. Das ist mir gestern im Krankenhaus gar nicht aufgefallen.

Der große Tisch unter Skadis Birke ist schon gedeckt: Teller, Messer, Gabel, in der Mitte des Tisches ein hölzerner Kerzenleuchter.

»Ist der neu?«

»Nein, den habe ich aus deiner Birke geschnitzt. Wir haben ihn noch nicht benutzt. Ich wollte warten, bis du kommst. Gefällt er dir?«, fragt er vorsichtig.

Der Kerzenständer hat eine einfache Form: ein massives Fundament, aus dem fünf Löcher ausgehöhlt wurden. Als Raffinesse hat Oskar Birkenblätter in die Längsseite des Holzstückes geritzt, wie für eine Druckgrafik.

Und obwohl die Sache schon Jahre her ist und Oskar alles getan hat, damit ich ihm verzeihe, spüre ich, wie ich wütend werde.

Am Tag meiner Geburt machte mein Vater auf dem Weg vom Krankenhaus zum Besäufnis im hauseigenen Partykeller einen Umweg über die Baumschule und kaufte eine kleine Birke. Im taumelnden Glücksrausch über sein Erstgeborenes pflanzte er sie dicht ans Haus, sodass er und Mama den Baum in ein paar Jahren im Bett liegend vom Schlafzimmerfenster aus würden sehen können. Und der Baum wuchs, eiliger und raumgreifender, als Oskar sich das beim Pflanzen des dürren Stängels hatte ausmalen können. Die Birke schoss bis zu meiner Pubertät zur Höhe des Hausgiebels empor und streckte die Arme so wunderbar knickreich in alle Richtungen aus, dass Skadi und ich uns nachmittags gern mit den Katzen im Geäst aufhielten und Mama baten, uns vom Schlafzimmerfenster aus Trinkpakete zu reichen.

Skadis Birke, die drei Jahre später danebengesetzt worden war, wuchs indessen überhaupt nicht. Kümmerlich duckte sie sich im Schatten meiner Blitzbirke, es war nicht daran zu denken, den Baum zu beklettern, so biegsam und dünn blieben die Zweige. Als das Lebenspflänzchen seiner Jüngsten ernsthaft einzugehen drohte, packte mein Vater den Spaten und pflanzte sie um. Mitten auf die Rasenfläche in ausreichender Entfernung zur Blitzbirke; Blitzbirke deshalb, weil sie sich sogar vom Einschlag eines gigantischen Blitzes anstandslos erholte. An ihrem neuen Standort jedenfalls begann Skadis Birke wieder zu wachsen.

Birken erzeugen im Frühjahr in ihren hängenden Pollenwürstchen jede Menge gelbes Pollenkonfetti. Als ich mein 22. Lebensjahr erreichte, ich hatte Odinsgrund bereits verlassen, hatte sich meine Birke derart ausgedehnt, dass sie unser Haus umarmte. Aus dem dürren Stängel war ein außerordentlich schöner, stolzer Baum geworden. Wenn Mama am Morgen das Schlafzimmerfenster öffnete, wurde sie im Frühjahr sogleich mit einem energischen Pollengruß der Blitzbirke bedacht.

»Der Mölm ist überall!«, fluchte sie und wischte auf. Auch Tante Sophie, die eine naturgegebene Freude am Putzen hatte, wandte sich an Oskar, dass das wirklich nicht so weitergehen könne, mit dem ganzen Mölm, dass es ein Ende haben müsse. Oskar sah sich in die Enge getrieben. Was sollte er tun?

»Der Baum muss weg!«, urteilte das Gartengericht aus Ehefrau und Tante. Oskar schützte sich vor abergläubischen Gedanken, als er Magics Motorsäge an den dicken silbernen Stamm legte. Er fällte den Baum.

Sein Gewissen meldete sich wenige Tage später: Musste es nicht Pech bringen, einen Lebensbaum zu fällen? Sowohl für den, der ihn gepflanzt hatte, als auch und vor allem für denjenigen, dessen Leben er galt?

In der Baumschule erstand er einen kanadischen Amberbaum, »völlig dreckfrei«, wie der Gärtner wusste, und das Laub sei im Herbst aufreizend bunt. Er pflanzte den Amberbaum neben die auf Brusthöhe enthauptete Birke und drückte beide Daumen, dass ich mich damit besänftigen ließe.

Ich habe lange nicht mit Oskar gesprochen deswegen, sicher acht Wochen lang nicht. Im Herbst schickt er mir jedes

Jahr ein gepresstes Blatt des Amberbaums, und ich muss zugeben, dass das kontrastreiche Farbschema der Blätter ein weiterer gewichtiger Grund ist, sich vor der Natur zu verneigen. Und dennoch: Mein Lebensbaum ist und bleibt die geopferte Blitzbirke, deren verheilter Stumpf heute bei Gartenpartys als Stehtisch missverstanden wird.

Der Kerzenständer ist wirklich schön geworden. Oskar hat sicher tagelang daran geschnitzt. Er schaut mich immer noch erwartungsvoll an, aber ich muss erst noch einmal seinen deformierten Brustkorb visualisieren, damit meine Wut wieder verpufft und ich sagen kann: »Ja, Oskar, er ist wirklich schön geworden!«

Skadi kommt mit einem riesigen Topf vor dem Bauch aus dem Haus. Die letzten Schritte muss sie rennen, weil er in ihren Händen zu heiß wird. Bam! Da steht er auf dem Tisch. Jetzt wird es wirklich unheimlich. Denn Skadi ist ganz allein aus dem Haus gekommen, kein Hund, der um ihre Beine streicht, kein Füchschen, das jeden ihrer Schritte bewacht.

»Wo ist Füchschen?«, frage ich. Skadi schaut mich entgeistert an: »Warum schreist du denn so? Sie ist drinnen. Die schläft unterm Tisch.«

Wie ein gesunder Schlaf sieht das nun wirklich nicht aus. Füchschen liegt mit halb geschlossenen Lidern unterm Tisch, alle vier Beine zur Seite abgestreckt, ihre Pfoten rennen in der Luft, die Zunge hängt ihr aus dem Maul und zittert. Ich krieche zu ihr und streichele über ihr fedriges Fell.

»Füchschen«, flüstere ich, »aufwachen, Füchschen. Ich brauche dich heut Nacht.«

»Kannst du mal mit anfassen, Edda?«, ruft Mama aus der Küche.

Was ist nur los mit dir?

»Edda?«

Mamas Beine eilen am Tisch vorüber. Mamas Beine kommen wieder zurück, ihr Gesicht läuft sofort rot an, als sie sich zu uns nach unten beugt.

»Da bist du!«

»Ich glaube, sie ist krank!«

Mama lacht. »Nein, nein! Ich habe ihr bloß ein Beruhigungsmittel gegeben, damit der Abend nicht so stressig für sie wird.«

»Was?«

»Ja, das habe ich im Internet bestellt, rein pflanzlich.« Ich folge ihr in die Küche. Auf der Anrichte liegt der aufgerissene Umschlag von Dr. Fenris, dem Mama jetzt eine Packung Tabletten entnimmt: »Hier, guck selbst. Ist was ganz Sanftes.«

Ich überfliege die Packungsbeilage: *für angstgestörte Hunde und Katzen ... beruhigend ... schlaffördernd. ... Nebenwirkungen: zitternde Zunge ... wilde Träume ... Taumel, trübe Äuglein.*

Mir wird der Kopf ganz heiß. Ich beiße die Zähne fest zusammen und muss mich zügeln, die Tür nicht hinter mir zuzuknallen, als ich mich im Bad einschließe. Atmen, atmen! Ruhig, ruhig! Ich lasse mich auf den Klodeckel sinken, das Holz der Brille knackt, ich schließe die Augen, lege mein Gesicht in beide Hände, es pocht und glüht wie im Fieber. Der Abend fängt gerade erst an. Ich kann nicht jetzt schon die Nerven verlieren.

Mama hat den Hund betäubt. Sie hat meine Verbündete ausgeschaltet, damit es ein schöner Abend wird. Wie soll ich jetzt rechtzeitig merken, wenn die Situation aus dem Ruder läuft? Wie kann ich jetzt gewarnt sein? Ich muss die Augen offen halten und ich muss Ruhe bewahren. Atmen, atmen! Ruhig, ruhig!

Seelenruhig liegt Hans im Gras. Er zeichnet unser Haus. Dass wir anderen allerlei Schüsseln aus dem Haus holen, dass wir das Fass anzapfen und Blumen auf der Tischdecke verteilen, scheint er gar nicht zu bemerken.

Die Dämmerung nagt schon an den Konturen. Die Körper verlieren sich zusehends in der anwachsenden Dunkelheit. Ich zünde die Kerzen an, es riecht sofort nach Schwefel. Hans schaut auf.

»Wir müssen Feuer machen!«, sagt er. »Hast du Holz, Oskar?«

»Hinten im Schuppen«, Oskar hält inne. »Aber das wollte ich eigentlich für den Winter aufsparen.«

»Nur ein paar Scheite!«, entgegnet Hans und ist schon auf dem Weg.

Mama hat sich extra eine frische Bluse angezogen und die Mascarakrümel unter ihren Augen weggefegt. Als sie ihr Bierglas von den Lippen absetzt, atmet sie erleichtert aus.

»Das hatten wir ja noch nie. Ein Feuer in diesem Garten«, sagt sie. Oskar wirft mir einen schuldbewussten Blick zu und lässt ein Stück Hähnchen in seinem Mund verschwinden.

Die Flammen klammern sich energisch um die lang getrockneten Reste der Blitzbirke. Wenn sie ganz vom Feuer durchwirkt sind, schwarz, brüchig, ummantelt von einer weißen glühenden Aschehaut, ähneln sie für einen kurzen Moment noch einmal den lebendigen Zweigen des Baums, ehe sie hohl in der Hitze auseinanderbrechen.

Oma macht keinen Hehl daraus, dass Oskars Unfall in ihren Augen seinem kindischen Übermut geschuldet ist: »Der Gaul ist reif für den Schlachter, Oskar! Guck dich mal an!«, sagt sie bestimmt, und Oskar rebelliert einzig mit einem versickernden: »Ach!«

Die Diskussion kann er nur verlieren.

»In deinem Alter solltest du schlauer sein!«, sagt sie noch, um dann abrupt die Miene zu wechseln und sanft in Mamas Richtung zu sprechen: »Ganz lecker, Emma! Wirklich!«

»Ehrlich?«, fragt Mama, die sichtlich auf ein Feedback gewartet hat und interessiert in die Runde lächelt.

»Ja, richtig gut!«, sagt Leif mit einer verstörenden Ernsthaftigkeit, die Skadi und mich sofort zum Lachen bringt.

Eine Hand legt sich auf meinen Oberschenkel, drückt fest zu, lässt wieder locker und fährt langsam in Richtung Schoß hinauf. Ich packe die Hand und lege sie zurück in Hans' eigenen Schoß.

SKADI: Was ist denn jetzt mit der Überraschung, Oskar?

ICH: Ja, genau!

OSKAR *lächelt verschmitzt:* Welche Überraschung?

SKADI: Ach, komm schon!

ICH: Mama, weißt du was?

MAMA lächelt nur und nickt OSKAR zu.

SKADI/ICH *im Chor:* Bitte, Oskar, bitte!

OMA: Jetzt mach die Kinder doch nicht verrückt!

OSKAR: Also gut! *ER tupft sich das Fett von den Lippen, greift unter den Tisch und holt zwei Briefumschläge hervor.*

Eure Mutter und ich ...wir sind heute 30 Jahre verheiratet.

LEIF: Prost!

ALLE: Prost!

ALLE trinken.

OSKAR: Und wir haben uns gedacht, weil wir ja schon alles haben, dass wir uns heute nichts schenken wollen. *SKADI und ICH nicken.* Stattdessen, haben wir uns gedacht, sollt ihr etwas haben. *OSKAR nimmt einen Umschlag in die linke und einen Umschlag in die rechte Hand.* Euer Opa Heinrich hat immer gesagt: Man soll sein Geld mit warmer Hand weggeben und nicht erst, wenn man tot ist. Also: Ich habe eine dicke Abfindung von der Firma bekommen und ich weiß, ihr könnt das Geld gut gebrauchen. *OSKAR gibt einen Umschlag MIR und einen Umschlag SKADI.* Macht bitte kein Theater, nehmt es einfach und kauft euch was Schönes dafür.

SKADI und ICH geben uns ein Zeichen und öffnen gleichzeitig den Umschlag.

SKADI: Oskar!

ICH: Spinnst du?

SKADI: Guck mal, Leif.

LEIF: Oh Gott!

ICH: Auf keinen Fall! Du bist unmöglich!

OSKAR: Doch, Edda! Und ich will jetzt nichts mehr hören. Das Geld ist für euch, wir brauchen's nicht. Und glaub mir: Ich werde sauer, wenn du dich jetzt wieder so aufführst.

OMA: Da kannst du dir mal ordentliche Schuhe kaufen und ein bisschen was zu essen.

Aus dem weißen Kuvert leuchten mir zehn glatt gebügelte 1.000-Euro-Scheine entgegen. Und noch etwas anderes, das ich erst jetzt, beim zweiten Hinsehen bemerke, verbirgt sich darin: Hinter den Scheinen steckt ein Foto. Die Aufnahme muss im Frühjahr entstanden sein. Stattlich und gesund thront die Blitzbirke vor einem Himmel, dessen Blau man die Erleichterung über den vergangenen Winter anzumerken meint. Glitzernd umweht der gelbe Pollenstaub das grüne Blattwerk, taucht den ganzen Baum in einen warmen, märchenhaften Nebel, ein geträumter Baum, ein fantastisches Exemplar von Birke.

Auf die Rückseite hat Oskar, ganz klein, vier Worte geschrieben:

Dein Baum, mein Kind.

Leise beginnt es zu donnern.

*

In der riesigen Pranke des Hünen wirkt die Schnapsflasche wie ein zerbrechliches Reagenzglas. Lachend winkt Magic mit dem *Bullenschluck,* als er am Zaungitter auftaucht. Hinter seiner stattlichen Erscheinung verdichtet sich die Dämmerung. Je näher er unserem Tisch kommt, desto größer wird er.

Es ist ein Irrtum, dass das mit allen Menschen so geht, dass sie größer werden, je näher sie uns kommen. Ich bin schon vielen Menschen begegnet, die, lernte ich sie besser kennen, auf Zwergengröße einschrumpften. Bei meinem Onkel ist das anders. Er verändert jeden Raum, den er betritt; alles ordnet sich ihm unter; was er berührt, gehört ihm, er wächst und wächst bei jeder Begegnung.

Sobald Magic auftaucht, kann man sich nicht wehren.

Wie ein Kind muss ich auf ihn zurennen und mich in seine Arme stürzen. Skadi und ich vermuten, dass Magic neben dem Herzen einen Magneten in seinem massigen Brustgewölbe trägt, der jeden, aber auch jeden, willenlos anzieht, nicht nur schutzsuchende Weiber wie uns, sondern auch ausgewachsene Krieger. Deshalb nennen wir ihn Magic.

»Edda!«, ruft er, und die zwei Silben meines Vornamens kommen ihm so gewichtig und gerührt über die Lippen, dass mir sofort ein Kloß im Hals anwächst.

Dem Hünen wird ein Stuhl geholt, ein Teller, Besteck. Mama häuft ihm so viel Fleisch auf den Teller, dass ich ihn mit beiden Händen an Magic weiterreichen muss, der ihn gemächlich auf drei Fingern balancierend vor sich abstellt. Ein halber Liter Bier verschwindet gluckernd im Schlund des Hünen, dann schickt er die Fleischbrocken hinterher. Gleichzeitig kann er das nicht, der Hüne, essen und reden, eins nach dem anderen, aber er lächelt schmatzend über unser aufgeregtes Geplapper und unsere Neugier, was er in der Zwischenzeit wieder alles erlebt hat.

»Habt ihr mal wieder in der Schweißkabine gegrillt?«

»Ruhig, ruhig«, brummt er.

Der Hüne kann von uns allen die besten Geschichten erzählen; Geschichten aus der Welt der Männer.

Mit einer Serviette wischt er sich den Mund ab. Verschwörerisch zwinkert er mir zu. Er könne leider nur kurz bleiben, weil er noch zur Nachtschicht muss, aber zu einem kleinen *Bullenschluck* sage er nicht Nein.

Meine gesamte Familie schwört auf diesen selbst gebrannten Schnaps, der dem Etikett zufolge als medizinische Tinktur für lahme Rinder und Zugochsen gedacht ist. *Auch für Menschen zur innerlichen Einreibung geeignet,* steht unter den lächelnden Kuhgesichtern auf die Flasche gedruckt. Man kann das Gebräu nur in einer einzigen Apotheke im Umland kaufen, und das Rezept kennt niemand außer seinem Erfinder, einem gewissen Dr. Duncker.

MAGIC: Auf das Hochzeitspaar.

OSKAR: Auf meine Frau.

MAMA: Auf die Kinder.

Die rostrote Flüssigkeit schmeckt stählern und stark, von einem Aroma kann keine Rede sein. Im Magen allerdings entzündet sich sofort ein wohltuendes Feuer.

»Noch einen!«, sagt Hans und schiebt Skadi sein Glas entgegen. Das ist eine ganz dumme Idee.

»Davon darf man eigentlich nur einen trinken«, sage ich, »sonst dreht man durch!«

Aber da auch Magic sein Glas der Flasche entgegenschiebt, gibt es keine Widerrede.

MAGIC *lehnt sich im Gartenstuhl zurück und faltet die Finger über seinem Bauch:* Jetzt ist wieder einer gestorben. Robert, der hat mich angelernt. Ein Kerl, sag ich euch, der hatte nie Lust zu arbeiten und hat mir gleich beigebracht, wie es läuft. Das Ziel ist es nämlich, so wenig wie möglich zu arbeiten und so viel wie möglich zu tanken. Als ich im Werk angefangen habe, da ist gleich mal ein Tor kaputtgegangen, in der Lackiererei, da ist aus Versehen ein Gabelstapler reingefahren, und wir sollten das wieder in Ordnung bringen. Robert hatte da gar keinen Bock drauf. Er ist richtig ausgeflippt, so hat er sich geärgert. Jedenfalls musste ich dann Schmiere stehen und Robert ist noch mal volle Pulle mit dem Gabelstapler in das Tor gedonnert, damit es ganz hin war. Dafür waren wir dann nämlich nicht mehr zuständig. Danach haben wir erst mal Fürst Bismarck getrunken, mit gelber Brause. Das hat er immer mitgebracht, und wenn die Flasche leer war, hat er Öl reingefüllt und sie wieder mitgenommen. Der hat alles mitgenommen, was er kriegen konnte, wie eine diebische Elster. Alles, was glänzt und glitzert, fand er besonders gut, und jetzt kommt's: In seiner Gartenlaube hatte er ein Erdlager für Schrauben. Das müsst ihr euch mal vorstellen: Der hat Paletten mit 20.000 Muttern, M8, mit nach Hause genommen und sie in seinem Garten vergraben.

SKADI: Und was wollte er damit?

MAGIC: Gesagt hat er, dass er die vertickt! Aber in Wirklichkeit war er einfach besessen von Schrauben. Wenn irgendwo was locker saß, da hat er es einfach abgeschraubt und eingesteckt. Sogar von den Laufbändern. Wenn der Werkschutz davon Wind gekriegt hätte ... aber die stellen sich dumm – damals hatten wir ja sogar noch einen eigenen Puff.

HANS: Was? *Sein Gesicht ist schon ganz rot vor Lachen. ER hält die Lippen geschlossen. Seine Nasenflügel flattern vor Vergnügen.*

MAGIC: Ja, die Putzfrauen haben sich was dazuverdient, in einem Container. Ich hab gefragt: »Ey Robert, warum stehen die denn da vor dem Container Schlange?« Da hat er gekichert wie ein Mädchen, war so'n Heinz-Erhardt-Typ, wirklich, der hat fast genauso ausgesehen: »Das ist was für Erwachsene, mein Kleiner«, hat er gesagt. So einen Kerl, den gibt's echt nur einmal. Auch wenn der faul war, der hatte nichts Schlechtes im Sinn.

MAMA: Und jetzt ist er gestorben?

MAGIC: Ja, vorgestern.

MAMA: Und wie?

MAGIC: Krebs, ging ganz schnell.

Magic macht ein trauriges Gesicht. Es fehlt noch, dass ihm jetzt eine Krokodilsträne über die Wangen rollt. Als Tante Sophie gestorben ist, habe ich das gesehen: Es begann mit seinen Mundwinkeln, die sich nicht entscheiden konnten, ob sie nach oben oder nach unten weisen sollten, und dieses Zittern erschütterte dann den ganzen Kopf, die Wangen, die Augenbrauen, die Löckchen und auch das Wasser, das sich vor seinen Augäpfeln gestaut hatte, sodass es schließlich über das Lid brach. Da rollte eine murmelgroße glasklare Träne und sammelte sich in seinem zitternden Mundwinkel. Er wischte sie nicht weg und schluckte sie nicht runter.

Wenn er über seine Kollegen im VW-Werk spricht, weint der Hüne nie. Hat er zu Ende erzählt, und die meisten Geschichten enden damit, dass einer stirbt oder wenigstens unrettbar verwahrlost, dann wird er für einen kurzen Moment sehr still, alle werden dann sehr still, man möchte sich die Haare raufen, so mächtig wird die Traurigkeit in dieser Stille, und kurz bevor die Stimmung kippt, fällt dem Hünen wieder etwas Lustiges ein, womit er uns alle tröstet.

MAGIC *reibt sich mit beiden Händen das Gesicht, schüttelt den*

Kopf und rückt die Schultern gerade: Habe ich euch schon vom Stalker erzählt, unserem Jungspund?

SKADI und ICH schütteln die Köpfe.

MAGIC: Der ist ein bisschen anders, wisst ihr. Wenn nämlich alles so richtig mies läuft, geht's ihm super, da lacht er und pfeift. Aber wenn es keine Probleme gibt, dreht er völlig ab ...

Bei jedem Schritt, den Magic in Richtung des Zaungitters setzt, hört man die Grashalme unter seinen Füßen brechen. Mit großer Gelassenheit wiegt sich der Hüne dem Gartenausgang entgegen: »Ich komme gleich noch mal«, sagt er und gibt uns ein Zeichen. Skadi und ich laufen ihm nach.

Leif hat dafür gesorgt, dass Mama und Oskar kurz im Haus verschwinden, solange wir die Hühner holen. Wir setzen den alten Kaninchenstall vor den Koniferen ins Gras. Magic stößt eine Fackel daneben in die Erde.

Nachtmüde heben wir die Legehennen aus dem Karton in den Stall hinein. Ich war mir sicher, dass sie sich wehren würden, doch als ich den weichen Federkörper des weißen Huhns umgreife und es vom Boden des Kartons hebe, erstarrt es augenblicklich. Den langen Hals gestreckt, schielt mir das untiefe Fischauge der Henne entgegen. Ich halte mein Gesicht ganz dicht an diesen bernsteinfarbenen spiegelnden Kreis, und es ist nicht auszumachen, wohin der schwarze Tunnel in seiner Mitte führt. Doch das Hühnerherzchen pocht, pocht, hastig hebt es das Brustgefieder an, senkt es wieder herab, wölbt die Federn vor und zurrt sie wieder zusammen. Als die Hühnerkrallen das Gras berühren, schießen die Lebensgeister zurück in das Tier. Es schlägt wild mit den Flügeln, rennt im Kreis und schüttelt empört seinen kleinen Kamm.

Unter dem Lichtkegel der Fackel parkt Magic eine Schubkarre voller Steine.

»Ist das Granit?«, fragt Hans, der gar nicht damit aufhören kann, Magic anzustarren.

»Vulkanit!«, sagt Magic stolz.

Die Steine wirken gläsern und sind von groben aschefarbenen Splittern durchwirkt. Ich lege meine Hand auf einen Stein. Er ist eiskalt.

Oskar verfängt sich in einer schmerzhaften Schnappatmung, als wir das alte Bettlaken vom Käfig ziehen.

»Aua, aua!«, schreit er und will sich beruhigen und schafft es nicht, so freut er sich.

Die Legehennen sitzen aufgereiht auf der Stange über der Futterrinne, sie sind sofort wieder eingeschlafen.

Mama beugt sich über die Schubkarre und befühlt das eisige Vulkangestein, das den schwachen Schein der Fackel magmafarben reflektiert.

»Wo hast du die denn her? Guck dir das an, Oskar! Genau solche wollte ich.«

Magic verschließt seinen Mund mit einem Reißverschluss und lässt sich von seiner Schwester küssen. Dann bricht er zur Nachtschicht auf.

»Komm, Mutter!«, sagt er und bietet Oma seinen Arm an. Oma steht mit Skadi am Stall und beäugt zärtlich die schlafenden Hühner. Seine Mutter untergehakt, greift der Hüne nach der Fackel und trägt sie in der Faust zurück auf seinen Hof.

Mittlerweile ist es Nacht geworden.

Das Wasser reicht uns bis zum Bauchnabel und ist noch immer ganz warm. Wir waten in der Regentonne umher, sodass das Wasser leise flüstert. Skadi holt tief Luft und taucht ab. Unter dem dunklen Wasserspiegel sehe ich ihr helles Haar schwerelos wie einen Korallenschopf umhertanzen. Mit einem Knarren öffnet sich die Terrassentür. Es ist Füchschen, die taumelnd die Treppe zum Garten hinunterläuft. Als wäre sie durch den kurzen Schlaf um entscheidende Jahre gealtert, kriecht sie die Stufen hinab. Jeder Schritt ist schwer erkämpft. Den Schwanz schleift sie wie ein lästiges Gewicht hinter sich her, sie steuert direkt auf Mama zu und sinkt neben ihrem Stuhl zusammen, nicht ohne mir zuvor einen betäubten, aber eindeutig besorgten Blick zuzusenden. Skadi taucht wieder auf. Sie atmet tief ein und wischt sich lächelnd das Wasser vom Gesicht. Während wir weiter durch die Regentonne waten, summt sie eine schöne Melodie. Ich stimme mit ihr ein, lasse aber den Tisch nicht aus den Augen.

»Wie eine Sucht ist das«, sagt Mama zu Hans. »Immer wollen sie ins Wasser. Weißt du das noch, Oskar, wie schlimm das immer in Dänemark war? Da konnte Skadi noch gar nicht schwimmen und ist einfach ins Meer gerannt.«

»Ist ihr was passiert?«, fragt Hans.

»Nein«, sagt Mama. »Sie konnte schwimmen.«

»Skadi ist ja auch ein Sonntagskind«, sage ich, als wir in Handtücher gewickelt wieder mit am Tisch sitzen.

»Nein!«, sagt Oskar.

»Doch!«, kommt es von Mama und Skadi gleichzeitig.

Hans zieht mir am Ohrläppchen. Ich gebe ihm einen flüchtigen Kuss. Sein warmer Atem knistert in mein Ohr: »Komm, lass uns abhauen! Wir machen einen Nachtspaziergang!«

»Schhhh!«, mache ich, denn Oskar hat schon mit dem Erzählen begonnen.

Am Vorabend von Skadis Geburt gönnte sich mein Vater einen Fassbierabend mit Magic und seinen Freunden, ähnlich wie auch schon bei meiner Geburt. Mama wandelte mit dem dicken Bauch schlaflos durch das Haus und kochte vor Wut.

Der Geburtstermin lag bereits zehn Tage zurück und sie beschloss, auch in Anbetracht der pubertären Sorglosigkeit ihres Ehemannes, der Sache ein wenig nachzuhelfen. Mama trank eine Flasche Cabernet Sauvignon, und rannte die Treppen von Sophies Wohnung, in der ich, beinahe dreijährig, schlief, runter in den Keller und wieder hinauf, stärkte sich mit einem weiteren Glas Rotwein und rannte wieder hinunter, bis endlich die Fruchtblase platzte. Gefühlt nüchtern und die viel geprobte Wehenflut erwartend, fuhr sie mit ihrem himmelblauen Käfer-Cabrio ins Krankenhaus. Oma sorgte dafür, dass Oskar seiner Männerrunde rechtzeitig vor den Presswehen entrissen wurde, und schickte ihn auf seinem Motorrad, einer BMW R80 G/S, Spitzname: Gummikuh, zum Kreißsaal. Auf die Frage der Hebamme, ob er bei der Geburt dabei sein wolle, antwortete Mama unmissverständlich mit: »Ja!«

»Wie tapfer sie war«, schwelgt Oskar in der Erzählung. Und Mama verdreht die Augen, hört ihm dann aber weiterhin gespannt zu, als wäre sie selbst nicht dabei gewesen.

Und das Kind kam, nach vielen Stunden, in denen Oskar den Kreißsaal nicht verlassen durfte, weil Mama ihren Schmerz auch in seine Hand kanalisierte. Oskar plagte in diesen Stunden ein ganz anderer Druck. Das viele Fassbier sprengte allmählich seine Blase; doch er hütete sich, nach Erleichterung zu verlangen, wo seine Frau mit so weitaus Schwerwiegenderem beschäftigt war. In den späten Morgenstunden kam das Kind dann. Schwarzbepelzt, gesund und weiblich, und es bestand kein Zweifel darüber, dass alle Schmerzen sich gelohnt hatten.

Als zweifacher Vater trat Oskar am Sonntagmittag aus dem Krankenhaus, stieg auf seine Gummikuh, um am ersten Baum auf der Landstraße haltzumachen und den Hosenstall zu lüpfen.

Mit der jungen Birke im Gepäck bog er in unsere Straße ein. Tante Sophie wartete schon am offenen Küchenfenster.

»Und? Was ist es geworden?«, fragte sie eilig, nachdem das Motorengetöse der Gummikuh im Hof verhallt war. Oskar klappte das Visier hoch und rief stolz: »Ein Mädchen! Es ist ein Mädchen!«

Tante Sophie winkte ab und schloss enttäuscht das Fenster.

Mama schüttelt ihre Bluse auf, weil ihr so heiß ist. Ich spüre, wie mir allmählich die Kälte unter die Haut kriecht. Das Kerzenlicht lässt die Gesichter rund um den Tisch geisterhaft blass aussehen.

»Die Kinder haben bei uns im Bett geschlafen, als sie noch ganz klein waren«, sagt Mama. »Wenn ich nachts aufgewacht bin und dieses Kind gesehen habe, konnte ich immer gar nicht glauben, dass es echt ist.« Sie schaut zu Skadi: »... dass das ein echter Mensch wird. Es ist wirklich das größte Wunder, das es gibt.«

Mamas Rührung hat uns allen den Mund verschlossen. Sie besteht jetzt darauf, einen Sekt zu trinken, ja, jetzt, einfach so, mittendrin.

Im Stehen hebt sie das Glas in die Luft. Ihre Zunge schaufelt schwer in ihrem Mund, als sie den Trinkspruch aufsagt: »Die besten Jahre haben wir hinter uns.«

Und da fallen Mamas Augen zu, und bleiben geschlossen, da fällt die bittere Feierlichkeit aus ihrem Gesicht, da verlässt sie etwas, denn auch Mama fällt; als wäre das Gewicht ihres Körpers von einer Sekunde auf die nächste nicht mehr tragbar, sackt ihr Körper ab.

Schon sind Hans' Arme ausgestreckt, schon ist er bei ihr, schon schwappt ein Schluck Sekt aus dem Glas, das sich aufrecht in Mamas Hand hält, in sein Gesicht, schon hält Hans meine Mutter, die ihre Augen jetzt wieder aufschlägt, als hätte sie nur eben ausgiebig geblinzelt, deren Muskeln sich schon wieder spannen, die nur für einen Sekundenbruchteil ergeben und schwer in seinen Armen liegt, ehe sie sich wieder aufrichtet und einen Schritt zurück macht. Füchschen jault. Der schrille Laut sticht in die Schläfen. Es klingt so gequält, dass auch Skadi schreit. Und auch Oskar, dem Mamas Sturz entgangen ist, weil er, den Kopf in den Nacken gelegt, ganz in das Sternenbild vertieft war, zerrt es den Blick vom Himmel.

»Oh Gott!«, sagt Mama und tätschelt den Hund. »Verzeih mir, Füchschen!« Ohne noch einen Laut zu machen, blickt Füchschen zu ihr auf. »Das tut mir so leid! Ich hab das Gleichgewicht verloren, tut mir leid!« Der Hund zuckt bei jeder Berührung zusammen, bewegt sich aber nicht vom Fleck. »Alles in Ordnung!«, sagt Skadi, »sie hat sich nur erschreckt, Mama!«

Aber Füchschens Schmerzensschrei, der sogar gegen die Betäubung angekommen ist, geht mir nicht mehr aus dem Kopf. Wie ein Tinnitus hallt dieses Jaulen in meinem linken Ohr wider und wider und bricht nicht ab. Während Mama den Hund heiser um Verzeihung bittet, löst sich eine Träne aus ihrem Augenwinkel, die an ihrer Wange entlangweht und sich wie eine Perle an ihr Ohrläppchen hängt.

Ich halte mein Sektglas fest in der Hand, es schwankt und zittert. Der Wind zerrt ungeduldig an den Blättern der Birke, an der Tischdecke, an unserem Haar. Skadi beißt sich auf die Unterlippe, es blutet schon ein bisschen. Und auch mein Herz schlägt noch immer viel zu schnell.

Hans hebt sein Glas in die Luft.

Er legt Füchschen die Hand auf den Kopf.

Der Hund schließt die Augen.

Skadi setzt sich zurück auf ihren Stuhl.

Mama schaut fragend zu Hans.

Ein paar Sekttropfen rinnen knisternd seine Wangen hinab.

Er lächelt.

Und als Mama zurücklächelt, schüttelt sich die Träne von ihrem Ohrläppchen und fällt.

Der Schlüssel im kleinen Badezimmer lässt sich noch immer nicht ganz umdrehen. Seit Oskar die Tür aufgebrochen hat, ist das Schloss so verbogen, dass der Schlüssel auf der Hälfte der Drehung gegen einen Widerstand schlägt und stockt. Auch das Geräusch beim Schließen ist seitdem ein anderes. Ging früher jemand ins Bad, verschwand er mit einem leisen Quietschen, heute hört man das laute Klacken im ganzen Haus. Klack!

»Mama, alles in Ordnung mit dir?« Ich musste ihr einfach nachlaufen. Auch wenn Skadi versucht hat, mich zurückzuhalten.

»Ja!«

Ich kann hören, dass sie weint.

»Willst du mich nicht reinlassen?«

»Nein! Ich komm gleich! Geh bitte wieder raus!«

Der Schlüssel steckt so im Schlüsselloch, dass er mir die Sicht versperrt. Ich kann überhaupt nichts sehen. Ich lege das Ohr ans Holz der Tür: Mama putzt sich die Nase, sie atmet aus: »Ah!« Sie wäscht sich die Hände. Sie räuspert sich. Papier raschelt. Sie atmet ein: »Hh!«

Auf Zehenspitzen schleiche ich ins Wohnzimmer. Ich warte, bis die Badezimmertür sich wieder öffnet und Mama nach draußen geht.

Wie eine Bühne liegt der Garten vor dem Fenster. Ich mache kein Licht, stehe, die Hände auf der marmornen Fensterbank abgestützt, vor Glas. Das Feuer brennt bewegt und ausgelassen. Die Flämmchen der Tischkerzen hingegen halten statisch ihrer Tränenform die Treue, wirken ganz und gar feuerlos, vielmehr elektrisch. Der Wind muss nachgelassen haben.

Es könnte sich da draußen um eine Ibsen-Inszenierung handeln: eine Familie, ein Fremder, Köpfe, Geheimnisse. Wir befinden uns noch im 1. Akt. Die Stimmung ist ausgelassen. Laute Lacher klatschen gegen die Fensterscheibe, Leifs Johlen fliegt auf, und nur ein paar verhuschte Gesten, nur einige schwer zu zügelnde Wahrheiten, tippen an den Boden der Szene, unter dem sich ein zweiter, tiefer liegender Grund verbirgt. Skadi ist hinter mich getreten. Sie legt ihren Kopf auf meine Schulter. Er wiegt erschütternd schwer.

»Mach dir keine Sorgen. Es ist wirklich nichts mit ihr«, sagt sie.

Ich nicke nur. Es kribbelt in meiner Nase.

Mama hat sich in ihren Stuhl am Tisch niedergelassen. Ganz weich und spannungslos sitzt sie da draußen. Sie sieht unendlich traurig aus. Konzentriert schaut Hans Mama an, er senkt den Blick, hebt ihn wieder, bündelt sein Interesse ganz auf meine Mutter, und seine Hand bewegt sich wie ein eigenständiges, intelligentes Wesen über das Blatt Papier in seinem Skizzenbuch.

»Ist sie schon die ganze Zeit so traurig?«

»Ja«, sagt Skadi.

»Ist sie wieder krank?«

»Nein!«

Und während ich merke, dass ich angefangen habe zu weinen, sehen wir durch das Fenster, wie die Kerzenkegel sich zu horizontalen Lichtschlitzen verformen, wie die linke der fünf Kerzen vollständig erlischt, wie die Tischdecke auffliegt.

Skadi nimmt ihren Kopf von meiner Schulter. Von draußen tönt ein lautes Scheppern. Füchschen jault. Die Hühner schreien auf.

★

Es ist kaum etwas zu erkennen in dieser allumfassenden Nachtschwärze. Taumelnd wankt man den Lichtpunkten hinterher, verliert sie gleich wieder, justiert nach, scharf gestellt, verschwommen, dunkel, hell, Käfig, Fell.

»Gleich hab ich ihn!« Hans hat mich auf seine Schultern gehoben. Über die Koniferen hinweg spähe ich auf den Hof unserer Nachbarn, der zwischen dem Haus meiner Eltern und dem Haus von Oma liegt.

Das Licht im Eingangsbereich reicht bis an den Käfig heran. Snorri hat seine Finger um die Gitterstäbe gekrallt und stößt mit den Füßen so gegen die Streben, dass der ganze Käfig taumelt. Seine feuchten Murmelaugen stechen mitleiderregend aus der weißen Fellbrille hervor, die über seinem dunklen Gesicht liegt. Die schmalen ledernen Lippen sind weit auseinandergerissen und entblößen die sorgsam aufgereihten Zähnchen, das saubere Rosa seiner Mundhöhle. Der Arme kann seinen Mund noch so weit aufreißen, es kommt ja doch kein Laut daraus hervor. Ich richte das Fernglas auf Snorris Hände, eine Miniaturversion der Hände von Hans: Proportional zum Handteller erscheinen die Finger um ein Glied zu lang, die Fingerkuppen verjüngen sich nicht, der Nagelwuchs beginnt direkt über dem letzten Glied, die Nägel wirken platt geschlagen und gefeilt. Jetzt löst er eine Hand vom Gitter und legt sie auf seinen Mund, als versuche er durch diese Geste, dem sinnlosen Schreien Einhalt zu gebieten. Armes, stummes Äffchen!

Ein Schatten fällt jetzt auf sein angstverzerrtes Gesicht, im selben Moment verwässert etwas Helles die eingestellte Schärfe des Fernglases. Auch durch beflissenes Drehen am Rädchen lässt sie sich nicht wieder herstellen. Ich kann nichts mehr erkennen, lasse das Fernglas sinken. Es müssen die Spinnenkinder sein.

Unser Nachbar Siggi hat mit seiner Frau Theresa ein eineiiges Zwillingspaar, achtjährig, männlich, wenigstens steht das wohl in ihren Pässen. Die Spinnenkinder sind gänzlich weiße Wesen, beinahe unsichtbar. Weiß die Haare, weiß die Haut, sogar die Augen haben keine richtige Farbe, auch sie scheinen, wenn schon nicht ganz weiß, wenigstens sandfarben zu sein. Das behaupten zumindest diejenigen, die die Spinnenkinder einmal zu Gesicht bekommen haben. Am Tage verlassen sie niemals das Haus. Sie leiden an einer Lichtallergie, so hat es Theresa unserer Mutter erklärt, und können deshalb nur in der Nacht aus dem Haus.

Ein paar Mal hat Skadi sie in der Dunkelheit über die Felder rennen sehen. Es habe ihr einen solchen Schrecken eingejagt, dass sie danach nicht wieder in den Schlaf hatte finden können: »Man sieht sie, und man sieht sie nicht, Edda! Erst spielen da zwei Kinder, und dann verschwimmen sie plötzlich. Kennst du diese Flecken, die man sieht, wenn man zu lang in die Sonne geschaut hat? Genauso sieht das aus«, und dass sie sich schnell und vielarmig bewegen, wie Spinnen eben, hatte Skadi mir erklärt.

Mama und Oskar haben wenig Kontakt zu den Nachbarn, seit Theresa bei Siggi eingezogen ist.

Theresa stammt aus einer großen Stadt am Meer und hat Siggi bei einem Kurzurlaub mit seiner Mutter kennengelernt. Siggi ist ein schlauer Kerl und ziemlich hübsch. Jedes Jahr beim Erntefest haben nicht wenige Frauen alles darangesetzt, Siggi ins Bett zu kriegen. Dass er sich in dieser glücklichen Lage ausgerechnet eine Walforscherin von außerhalb zur Frau nehmen musste, wird von den Dorfbewohnern auf eine schwerwiegende Verwirrung Siggis zurückgeführt.

Theresa lädt sich gern zum Kaffee bei uns ein, was Mama überhaupt nicht gefällt. Ich habe sogar den Eindruck, dass Mama auf der Flucht vor ihr ist.

Dabei wirbt Theresa regelrecht um unsere Mutter. Sie kommt mit Gebäck, Obstbränden und vertraut ihr Geheimnisse an, die Mama lieber nicht hören würde. Mit dem Kinderkriegen hat es anscheinend lange Zeit nicht geklappt.

Über ihre Forschungsreisen redet sie eigentlich nie, dabei müsste das doch ungeheuer spannend sein. Wie Theresa in Funktionsjacke auf einem vom Sturm gebeutelten Schiff steht und mit dem Fernglas einem Wal nachspäht. Wie der Wal die Gischt aufschäumt und seinen Spaut gen Himmel bläst. Wie Theresa eierförmige Messgeräte in ihrer Handkuhle wiegt. Wie der Gesang des Wales im Bauch des Schiffes auf eine Schallplatte gepresst wird. Wie Theresa eine Art Strohhalm in den Mund nimmt, ein seeerprobter Assistent sie an den Hüften hält, während sie den Strohhalm in die Wellen drückt und eine Frage unter die Wasseroberfläche schickt. Wie der Wal daraufhin auf das Schiff zustürmt und der seeerprobte Assistent es gerade noch rechtzeitig aus der Schusslinie zu manövrieren weiß, sodass der Wal in einem Affentempo an ihnen vorbeisaust, sich mit einem Schwanzflossenhieb, der das Schiff beinahe doch noch zum Kentern bringt, in die Tiefe verabschiedet, und wie Theresa sich an das nächste Rätsel macht, was nämlich der Wal denn an ihrer glasklaren, grammatikalisch einwandfreien Frage missverstanden haben konnte, was ihn an *Wo kommst du her?* derart rasend machen konnte.

Aus der Entfernung, ohne Vergrößerung, kann ich die Spinnenkinder nur schemenhaft erkennen. Zwei lichtblonde dürre Gestalten sind dicht an den Käfig herangetreten, öffnen aber das kleine Pförtchen nicht. Der Wind rüttelt an der Hecke. Ein kräftiger Donner rollt vom Deister auf uns herab. Die Gartengesellschaft flüchtet sich ins Haus. »Jetzt geht's los.« Oskars Stimme wird vom Wind in weite Ferne gerissen.

Hans reckt sich auf Zehenspitzen über die borstigen Häupter der Koniferen, das Fernglas hart auf die Augen gedrückt. Er zittert ein wenig.

»Erkennst du was?«

»Ja, da ist der Affe! Er hüpft hin und her.«

»Und die Kinder?«

»Da sind keine Kinder, nur der Affe. Er wirft sich auf den Boden ... guck dir das mal an!«

Leblos liegt Snorri am Boden, ein Mikadostäbchen steckt abgebrochen in seiner Brust. Die Arme hat er ergeben zur Seite ausgestreckt, Lippen und Augen sind fest verschlossen. Kein bisschen Blut ist ausgetreten.

»Zappelt er immer noch so?«, fragt Hans.

»Nein, jetzt zappelt er nicht mehr!«

Die Außenbeleuchtung erlischt. Hans lässt mich behutsam auf das Gras hinabsinken, das sich nachtkalt meinen Fußsohlen beugt. Hinter dem Deister explodiert ein Wetterleuchten, es bemalt den Nachthimmel für wenige Sekunden mit einem verstörend formlosen Magenta. »Komm! Komm mit rein!«, ruft Hans gegen den Wind an und streckt mir seine Hand entgegen. Er sieht richtig ängstlich aus.

Aber ich will jetzt noch nicht rein. Ich will sehen, wie nah uns das Gewitter kommt. Hans lässt seine Hand sinken und rennt ohne ein weiteres Wort davon.

Ich steige auf den Stumpf meiner Birke und blicke so lange in den lichtdurchwirkten Himmel, bis der Wind allmählich nachlässt.

*

Blitzend ruht die dünne Nadel in Mamas kräftiger Hand.

»1A-Venen!«, sagt sie ruhig. Sie hat Hans' Arm mit einer alten Krawatte nur nachlässig abgeschnürt, die Adern schießen von Natur aus breit und blau unter der Haut hervor. Ohne es vorher anzukündigen, gleitet Mama mit der Nadel in die prallste Vene, steckt ein Röhrchen an, das sich rasant mit Blut füllt, geysirartig sprudelt die Fontäne in das dünne Glas. Das Blut ist sehr dunkel, beinahe schwarz.

»Das war's schon«, sagt Mama und löst die Krawatte vom Arm.

»Was?«, ruft Hans entgeistert. Er sieht überhaupt nicht mitgenommen aus, jedoch in gespannter Erwartung des Stichs.

Mama hält ihm das volle Röhrchen vors Gesicht: »Ich hab dir doch versprochen, dass es nicht wehtut.«

Hans schaut weg.

»Ich habe gar nichts gemerkt!«, sagt er und schluckt heftig. Mama stützt die Arme auf den Tresen, um bei mir den nächsten Drink zu bestellen. Sie hebt den Zeigefinger, nickt mir zu wie ein routinierter Saloontrinker. Skadi drückt eine Tamponade auf das Loch in Hans' Vene und umwickelt alles mit elastischem Tape. Feierlich überreicht Mama mir das frisch gezapfte Blut. Ich beschrifte es mit Edding und stelle es in die dafür vorgesehene Halterung unter dem Tresen, in der sich schon eine ganze Reihe Jahrzehnte alter Blutproben versammeln.

»Ist dir schlecht?«, fragt Mama.

»Ja!«

»Mach dir nichts draus. Es liegt in deiner Natur. Die meisten Männer haben Angst vor Nadeln.«

Es ist nicht das erste Mal, dass Mama einem Mann im Vollrausch Blut abnimmt. Neben der Gartenarbeit ist Blutabnehmen eine ihrer liebsten Aktivitäten. Wir waren noch klein, als sie damit begonnen hat, Blutproben von jungen Männern zu sammeln. Leif ist dabei sogar in Ohnmacht gefallen, obwohl ihn Mama, um seine Angst wissend, mit mehreren Obstlern betäubt hatte. Jetzt klopft er Hans brüderlich auf die Schulter und lacht. Hans blickt grimmig in den Spiegel hinter der Bar. Er verzieht keine Miene, gießt sich einen Schnaps nach, zieht gierig an seiner Zigarette und trinkt noch mehr *Bullenschluck*.

»Hast du die Spinnenkinder gesehen?«, fragt Skadi.

»Ich glaube, sie haben Snorri getötet«, flüstere ich. Über den Spiegel sehen wir uns an. Skadis Pupillen sind so stark geweitet, dass das Schwarz beinahe die gesamte Iris verdeckt.

Hinter uns liegt der verwahrloste Partykeller. Auf dem gelb gefliesten Boden stehen gepolsterte Eckbänke, Typ rustikal-bayrisch, starrende Hirschhäupter und stumpfe Degen, sogar ein antiquiertes Schießeisen hängt an der holzvertäfelten Wand. Staubbehäutet ruht der Raum auf halbem Wege unter der Erde wie eine Grabstätte. Das Profil einer blonden Motorradschönheit, mit wehendem Haar, die Gesichtshaut durch rosafarbene Wolkenformationen ersetzt, gedenkt sehnsuchtsvoll den Visionen der Achtzigerjahre.

Am Tresen, der sich um die verspiegelte, schnapsbestandene Regalwand biegt, ist noch alles für den Ausschank bereit: Gläserne Bierkrüge, kopfüber aufgereiht, hölzerne Tabletts mit eingestanzten Fassungen für Schnapsgläser, Bierdeckel, Strohhalme, sogar eine Dose Erdnüsse, abgelaufen am 04.05.1997, finde ich noch im Bauch des Tresens.

Vor der Fensterseite hat Oskar eine lange Hobelbank aufgestellt. Dort hämmert und sägt er, baut Nistkästen und

Insektenhotels, ein Hügel gelockter Holzspäne, Leisten, Leim, Hammer, Nägel. Ein roter Boxsack baumelt von der niedrigen Decke in der Mitte des Raums, in unmittelbarer Nachbarschaft zu der kleinen Diskokugel, die beim Umlegen des Lichtschalters ihr kreiselndes Spiegelkabinett ungerührt in Gang gesetzt hat. Die letzten Partys wurden hier im alten Jahrtausend gefeiert.

Oskar hat sich einen Cowboyhut aufgesetzt, der seinen kleinen Kopf gefräßig verschluckt. Immer schiebt er sich die Krempe aus den Augen, immer fällt sie gleich darauf auf seine Nase zurück.

Während die anderen erhaben auf den Barhockern Platz genommen haben, sitzt Oskar auf einem gewöhnlichen Stuhl vor dem Tresen. Sein Kopf reicht gerade bis dorthin, wo die anderen ihre Hüfte haben. Jedes Mal, wenn ich zu ihm hinschaue, muss ich mir vorstellen, er hätte den ganzen Abend über an diesem Tresen gesessen und wäre dabei Stunde um Stunde geschrumpft.

Mama inhaliert tief und verschwindet mit ihren Locken kurz in einer dichten Wolke Rauch, ehe sie Leif den Joint zurückgibt. Oskar schüttelt den Kopf.

»Ich merke eh nichts!«, entgegnet Mama abgeklärt.

Seit der Blutentnahme sitzt sie in sich gekehrt auf dem Barhocker, den Kopf auf beide Fäuste gestützt wie ein erschöpftes Kind.

»In diesem Keller ist der Opa von Edda gestorben!«, sagt Oskar zu Hans, der so oft und heftig an dem Joint zieht, dass für Skadi nichts mehr übrig bleibt, sie ihn nur noch ausdrücken kann.

»Oskar, bitte nicht!«, sagt Mama.

Aber so ist Oskar: Jeder Raum, jeder Gegenstand, sogar einzelne Worte sind für ihn untrennbar mit einer Geschichte verknüpft, die immer dann erzählt werden muss, wenn der Raum aufgeht, der Gegenstand schwer wiegt, das Wort fällt.

»Hier ist er gestorben, in diesem Keller.«

Der Tresen war das Letzte. Als das Haus schon fertig war, bezugsfertig für Mama, Oskar und Tante Sophie, zimmerte Opa Heinrich als Letztes den Tresen an die Querseite des Zimmers, er verlegte die Abflüsse, schaffte einen Kühlschrank herbei. Wo er die Degen und die Pistole herhatte, war auch Oma ein Rätsel gewesen. Sie hingen jedenfalls dort an der Holzvertäfelung, als sie, einen großen Topf Suppe umarmend, herüberkam, um alles für die Einweihungsfeier herzurichten. So hatte sich Heinrich das gewünscht: Eine Suppe sollte es geben und ein paar Pullen dazu, um dem jungfräulichen Raum den ersten Ruck in die richtige Richtung zu geben.

Seine Arbeitskollegen von der Bahn kamen gern. Sie steckten sich die weißen Tuchservietten in den Kragen und begannen schwatzend zu schlürfen. Oma und Tante Sophie sorgten dafür, dass kein Teller je leer wurde, und Opa Heinrich verteilte Flaschenbier. Ja, so hatte er sich das gedacht, mein Opa, und diese Suppe war seiner Frau einfach hervorragend gelungen, das würde er ihr später noch einmal in aller Ruhe sagen, gepaart mit einem Klaps auf den strammen Hintern und einem Kuss, natürlich, wie man so duften konnte wie seine Frau, das versetzte ihn noch immer in einen Zustand der glücklichsten Fassungslosigkeit, ach, was für einen Fang ich da gemacht habe, und dieser Tresen...

Oskar ist richtig in Fahrt gekommen. Er gibt die Geschichte derart empathisch wieder, dass er sogar vor den letzten Gedanken unseres Großvaters nicht haltmacht: »Heinrich hatte den Teller gerade leer gelöffelt und wusste nicht, wie ihm geschah ...« War ihm plötzlich heiß oder kalt? War er hungrig oder satt? War ihm wohl oder übel? Groß oder klein? Dick oder dünn? All das fragte er sich, während er weiterlachte, ihm wurde schwarz vor Augen und was loderte denn da mit einem Mal in seinem linken Arm? Das hatte er doch nicht veranlasst.

»Gib mir doch noch eine Tasse Suppe«, sagte er, die Haltung wahrend, und Oma beugte sich über den Topf und schöpfte. Als sie sich umdrehte, um ihrem Mann die dampfende Tasse zu reichen, saß er nicht mehr auf seinem Stuhl.

Mama kam herbeigeradelt. Sie arbeitete schon einige Jahre als Arzthelferin. Sie kam atemlos. Sie kam zu spät. Kein Schocken, kein Pumpen, kein Klatschen, kein Beten konnte ihren Vater wieder zurückholen.

Sie legten ihn auf einen Teppich und trugen ihn hinüber in sein Haus. Die Frauen wussten genau, was zu tun war. Opa wurde gewaschen, in seinen Sonntagsanzug gekleidet, für seinen Sarg hergerichtet. Die Frauen ließen sich keine Zeit, darüber nachzudenken, was sie da taten, geschweige denn, was es für morgen bedeutete, was sie da taten. Erst als sie den Rücklichtern des Bestatters hinterherschauten und sich über dem Hof allmählich der neue Tag ankündigte, setzte sich Oma auf die Holzbank vor dem Haus und schlug die Hände vors Gesicht. Mama hielt sie tröstend im Arm und wunderte sich darüber, wie laut die Vögel auf der Dachrinne sangen.

Sie war 25 Jahre alt und bereits bester Hoffnung. Opa und ich, wir haben uns um genau neun Monate verpasst.

Auf meine Frage hin, ob sie etwas bedrückt, schüttelt Mama nur den Kopf. »Ich bin einfach müde«, sagt sie ungerührt. Über den Spiegel hinweg schaut Mama mich an. Alles Wache, alles Neugierige ist aus ihrem Gesicht gefegt, nur die schwarzen Krümel unter ihren Augen sind noch übrig.

Mit einem flüchtigen Gutenachtkuss auf die Wange verabschiedet sie sich. Ihr brauner Gesundheitsschuh, ein uneitles

Modell mit starken Nähten, von fester Textur, ist das Letzte, was ich von Mama sehe, ehe sie die Tür hinter sich zuzieht.

Welchen Gedanken ich auch anfange, er endet doch bei ihr. Wie sehr ich mich auch anstrenge zu glauben, dass sie jetzt, genau wie Oskar, sicher in ihrem Bett liegt, es will mir nicht gelingen. Sie ist zu traurig, denke ich, sie ist zu traurig, das geht nicht gut. Mamas Traurigkeit verbindet sich mit jedem einzelnen Gegenstand des Kellers, vor allem mit dem einen. Und so sehr ich mich auch anstrenge, dem Gespräch von Leif und Skadi am Tresen zu folgen, mich mit den anderen in eine sorgenfreie Betäubung zu saufen, ich muss doch immer wieder hinschauen: Da ist die Pistole, gestützt von zwei Nägeln lehnt sie an der Wand; dieses schwere stählerne Ungetüm verändert sich, je öfter ich es anschaue, Stück für Stück blättert es aus seiner gewohnten, oft gestreiften Patina hervor, neu und glänzend wird es von der Wand genommen, Patrone für Patrone bestückt, mit einem ruhigen Daumenzug geladen, der kühle Kolben schiebt das krause Haar beiseite und drückt sich gegen die Schläfe, zwei geliebte Augen schließen sich, ein Zeigefinger umgreift den Abzug und zittert und zittert, so kurz vor dem Schuss.

»Was ist mit dir? Du zitterst ja wie'n kleines Kätzchen!«

Der Stuhl fliegt krachend auf die Fliesen, so schnell bin ich aufgesprungen vor Schreck. Was für eine widerliche Fratze, was für ein Teufelsgesicht glotzt mich da an? Zwei rot glühende Augen schielen mir entgegen, ein hässliches Grinsen reißt auf.

»Komm, setz dich auf meinen Schoß, du kleines Kätzchen! Oder willst du lieber deiner Mutti hinterher?«

Hans taumelt von seinem Stuhl, seine Hand fegt über den Tresen. Es klirrt. Gläser gehen zu Bruch.

»Du tickst doch nicht ganz richtig!«

Leif springt vom Hocker auf. Unter seinen Füßen knirscht das Glas.

»Schluß jetzt!«, sagt er bestimmt.

Skadi packt mich am Arm.

Und erst jetzt, als ich ihren festen Griff um meinen Oberarm spüre, wird mir klar, was gerade passiert ist: Fluchend reibt Hans sich das Auge. Meine rechte Hand schmerzt, als hätte ich mit voller Wucht auf einen Stein eingeschlagen. Könnte die Wut doch nur ein bisschen länger anhalten! Könnte ich doch nur, ein paar Sekunden wenigstens, den Ausbruch genießen, aber nein, schon quillt die Reue in mir über, schon tut es mir entsetzlich leid, diese unwürdige Reue ist wohl im Augenblick des Zuschlagens schon erwacht, und noch während meine Faust mit ganzer Kraft auf Hans' Schläfe niederging, muss sie mich verurteilt haben. Schäm dich! Was bist du für ein hysterisches Geschöpf!

»Hans!«

Ich mache einen Schritt auf ihn zu. Ganz sanft berührt mich seine Hand an der Schulter, ganz behutsam gibt sie mir einen Schubs. Für einen Augenblick ist nicht vorauszusehen, was als Nächstes geschieht, ich taumele auf der Stelle, Hans starrt mich an, und dann, ganz langsam, dreht er mir den Rücken zu, und in dem Moment verlagert sich mein Gewicht, ich kippe hintenüber, erst die Schultern, dann der Hintern, der Kopf, die Arme, die Füße zuletzt. Und während ich falle, kann ich uns alle vier von außen sehen: Skadi und Leif, die ihre Arme nach mir ausstrecken, ich, wie ich rückwärts auf die Scherben zustürze, und Hans, der mit großen Schritten davoneilt.

Kein Oben, kein Unten, kein Links, kein Rechts, nicht einmal die schmalen Fenster helfen dabei, dem Raum irgendeine Richtung zuzuweisen.

»Skadi?«

»Hier, ich bin hier!«, flüstert sie, und ihr Atem streift mein Haar.

Ganz dicht vor uns brennt sich eine kleine Flamme in die Finsternis. Das Flämmchen steigt auf, beleuchtet aber nichts, wie ein eigenständiger Planet im großen lichtlosen All schwebt es an uns vorüber, schwebt es von uns fort und verliert sich in der Ferne. Ein Tasten, ein Klacken, ein schwaches Licht fällt durch den Türrahmen. Als hätten wir es abgesprochen, beginnen Skadi und ich erst jetzt, uns wieder zu bewegen. Wir sehen hinauf zur Glühbirne an der Decke, von der nur die Fassung noch übrig ist und ein paar scharfe Glaszähne.

»Nicht bewegen!«, sagt Skadi und pustet mir die Splitter vom Gesicht. Auch auf ihren eigenen Wangen glitzert es gefährlich.

Eilig stürmen wir aus dem Zimmer.

Die Tür knallt hinter mir ins Schloß.

Leif, Skadi und ich rennen die Treppen hinauf, und erst als wir im grellen Licht von Mamas Küche stehen, merke ich, wie es von meinem Arm tropft und tropft, wie es richtig saftet, wie sich zu meinen Füßen ein kleiner Blutsee bildet.

Beim Stürzen habe ich nicht gemerkt, wie mir das Glas die Haut zerschnitt, zwei saubere parallele Schnitte, extakt gleich lang. Die Scherben müssen derart gebrochen sein, dass sie eine ganz ähnliche Schneide bildeten, dass sie so nebeneinander aufgereiht lagen, dass ihr Einschneiden der Parallelität und Präzision einer Maschine gleichkam. Es blutet und blutet und tut nicht weh.

Leif hat beim Anblick der Schweinerei sofort die Flucht ergriffen. Jetzt sind nur Skadi und ich noch übrig.

Wie sorgsam sie die Schnitte abtupft. Wie sicher sie mir den Verband anlegt. »Ach, Skadi! Was ist das alles für eine große Scheiße heute Nacht! Wahrscheinlich ist er längst über alle Berge.«

»Er ist einfach besoffen«, sagt sie. »Das war der *Bullenschluck*, der hat euch beide so verrückt gemacht. Du gehst jetzt ins Bett! Du gibst jetzt Ruhe! Und morgen räumen wir den Keller auf.«

Beim Abschied beschließe ich, meine Schwester diesmal einfach nicht loszulassen. Ihr salziger Duft. Ihre bestimmten Bewegungen. Skadi streichelt mir ein paar Minuten geduldig über den Rücken: »Atmen, atmen!«, sagt sie, »ruhig, ruhig!«

Im Spot der Straßenlaterne dreht sie sich noch einmal zu mir um, dann tritt sie aus dem Licht und löst sich auf in Nacht.

Leider kann ich Skadis Anweisung unmöglich befolgen. Ich kann jetzt noch nicht schlafen gehen. Leise laufe ich zum Schlafzimmer meiner Eltern hinauf. Oskar schnarcht bei offener Tür in Skadis altem Kinderzimmer, die beiden teilen schon seit Jahren nicht mehr das Bett.

Die Tür zum Schlafzimmer ist geschlossen. Bemüht darum, niemanden zu erschrecken, drücke ich die Klinke nach unten. Die Jalousien sind nicht heruntergelassen, ein Fensterquadrat Mondlicht fällt auf das leere Bett.

Ach, da bist du! Natürlich! Du hast dich zum Schlafen aufs Sofa gelegt. Ach, da bist du! Natürlich! Du bist noch einmal im Garten gewesen und hast den Tisch abgeräumt, damit morgen früh ein neuer Tag ist. Ach, da bist du! Natürlich! Du hast dich zu Oskar mit ins Bett gelegt, weil heute euer Hochzeitstag ist. Ach, da bist du! Natürlich! Du hast dir im Bad einfach Zeit gelassen, du hast dir die Schminke aus dem Gesicht gewischt, dir gründlich die Zähne geputzt und bist gerade erst auf dem Weg nach oben!

Ich sehe Mama überall, und nirgends ist sie zu finden. Man muss auf seine Intuition vertrauen. Man darf einfach nicht vernünftig sein. Ich habe doch gespürt, dass sie etwas vorhat, ich habe gesehen, dass etwas sie bedrückt. Wie dumm konnte ich sein, ihr nicht zu folgen, als sie aus dem Keller verschwand. Ich habe es gesehen, ihr leerer Blick, dieser traurige Schuh, ihr verhuschter Gutenachtkuss, alles hat ganz eindeutig darauf hingewiesen, dass meine Mutter so traurig ist wie nie zuvor, von Anfang an: der niedrige Puls, der frühe Schlaf, das sedierte Füchschen, das große Geldgeschenk, ihr Einsturz vorhin am Tisch.

Die besten Jahre haben wir hinter uns!

Am Ende müssen alle sterben!

Die Straßen sind dunkel, kein Mensch weit und breit, kein einziges Fenster ist beleuchtet, das Dorf schläft den unwiderruflichen Schlaf eines Toten. Ich renne die Dorfstraße zum zweiten Mal hinunter, laufe am Friedhof vorbei, am Sportplatz, zur alten Esche, und versuche mich auf die vage Hoffnung zu konzentrieren, dass sich Hans und Mama in diesem Moment vielleicht am gleichen Ort befinden, dass sie ... aber wo sollen sie sein?

Ein Ast bricht aus der Esche und kracht in den Kies. Er verfehlt meinen Kopf um wenige Zentimeter.

Es ist zum Erfrieren kalt. Als ich auf der Mauer vor unserem Haus niedersinke, zittere ich am ganzen Körper, meine Zähne klappern. Ich lasse den Kopf sinken, ziehe die Knie an, mache mich klein. Doch das Gezisch der rasenden Autos kennt kein Erbarmen, es lärmt brutaler denn je auf mich ein, so fest ich meine Handflächen auch auf die Ohren presse, ich kann doch jedes Wort verstehen:

Ja, ja, ez izt grauzam, in der Welt zu zein, du armzeliger Menzch, da auf der Mauer, bizt auzgeliefert, zchutzloz, und zo allein. Zchlotterzt mit den Zähnchen, bibberzt in diezer zchönen Zommernacht, bizt ztändig am Zterben, jetzt-jetzt, jetzt-jetzt, auch jetzt, blättert daz Leben von dir ab und du welkzt auf dein Ende zu, daz ungewizze, fürchterliche Ende, daz du nicht begreifen kannzt, dafür bizt du zu zehr Körper, dazu bizt du zu zehr Fleizsch, die Natur führt etwaz anderez mit dir im Zchilde, doch waz daz zein mag, will nichtz und niemand dir erkären, und fragzt dich doch Nacht für Nacht: *Warum, wozu bin ich gemacht? Waz hab ich in der Welt zu tun?*

Ach, kleiner Menzch, waz hazzt du deine Nächzten, ach, kleiner Menzch, waz liebzt du zie. Ich liebe, liebe, liebe, denkzt du am Morgen, wenn der Tag anbricht, und zchon am Mittag zerreizzt dich dieze Liebe, denn allez izt immer zu zchrecklich, allez izt immer zu zchön, niemalz wirzt du ruhig durchz Wazzer gleiten wie ein kalter Fizch, biz an dein Ende zollzt du zappeln, zollzt du rennen, zollzt du verztehen und den Verztand verlieren.

Ach, kleiner Menzch, du hazt ein zchwerez Loz gezogen. Jetzt vermizzt du deine Mutter, und findezt keine Locke, kein Zignal von ihr. Aber denk doch mal nach! Jetzt heb zchon dein zorgenvollez wild gewordenez Köpfchen! Und beeile dich, denn zonzt gehört zie mir.

Die Autobahn lügt nicht. Direkt mir gegenüber, ganz nah an der Raserei, bewegt sich was, da seh ich zwei Gestalten; die eine liegt, die andere steht, wie in Stein gemeißelt verharren die zwei im Mondlicht, das jetzt plötzlich, direkt über ihren Köpfen, ein Loch in die Wolkendecke schießt.

Die zwei Gestalten rühren sich nicht. Ich tauche in den hohen Weizen, Zug um Zug schwimm ich auf sie zu, mit den Wellen, dann wieder gegen den Strom, steigend und sinkend, umspült und bewegt, und je näher ich ihnen komme, desto sicherer kann ich sein: An der Leitplanke steht Mama, ihr zu Füßen liegt der Hund.

»Mama!«, rufe ich schon von Weitem: »Bitte nicht!«, und in dem Moment, in dem ich das sage, werden meine Arme schwach, es versagen mir die Beine, ich gebe das Strampeln auf, ich lasse mich tragen, ich lasse mich wiegen und werde bald im Acker ertrinken, eine große Welle wäscht mir das Gesicht, ich schlucke und spucke und ringe nach Luft, doch dann: Ein Auftrieb, rieselnd und regnend hebt mich die Welle an, sie trägt mich hoch auf ihrer Kuppe und spült mich meiner Mutter vor die Füße, zurück an Land.

»Was hast du nur, mein Kind? Dass du immer so traurig bist«, flüstert Mama und hilft mir auf. Ich verschwinde in ihren Armen. Die Tränen tropfen stetig und lautlos von meinem Kinn. Füchschen springt eifersüchtig an uns hoch, sie winselt leise und reibt ihre Schnauze an meiner Wade.

»Sie ist jetzt wieder ganz sie selbst«, sagt Mama, »es war eine dumme Idee, sie zu betäuben. Ich wollte noch einen schönen Spaziergang mit ihr machen. Aber sie ist wütend auf mich gewesen und ausgebüchst, ist geradewegs hierher gejagt. So dicht waren wir beide noch nie an der Autobahn, nicht wahr, Füchschen?«

Von hier, aus der Nähe, geht ein einladener Sog von den vorbeirasenden Autos aus: zzzzzzzzzzzzzzzzzzzzzzzzzzzzzzzzzz zzzzzzzzzzzzzzzzzzzzzzzzzzzzzzzzz.

Füchschen bellt und springt in den Weizen, schwanzwedelnd taucht sie daraus hervor, biegt in die Treckerspur und geleitet uns unbeschadet zurück nach Hause.

Mama hilft mir dabei, mich auszuziehen. Sie legt mir die Decke bis über die Lippen, in der Tür dreht sie sich um: »Du musst damit aufhören, Kind! Du kannst nicht immer so verrückt werden hier. Das hält dein zarter Körper auf Dauer nicht aus. Schlaf jetzt! Mach die Augen zu! Morgen ist ein neuer Tag!«

Bevor Mama das Licht löscht, blicke ich über den Spiegel noch einmal auf das Bild über dem Bett:

Aus weichen pulverigen Pinselstrichen ersteht eine spätsommerliche Schönwetterlandschaft. Von links und von rechts wachsen grün-braun-rot-gelb aufquellende Baumkronen in der Mitte des Bildes so aufeinander zu, dass sie ein O formen. Auf dieses O führt von der unteren Bildkante ein perspektivierter Sandpfad zu, wie ein Fingerzeig weist er auf den blau-weiß marmorierten Ausschnitt, den die Bäume freigeben. Es ist nicht nur der wattig bewölkte Mittagshimmel, der gewichtslos und weich das O ausfüllt. Dort, wo der sandige Pfad ins Blaue stößt, sitzt ein winziges reinblaues Dreieck, mit dem Kopf nach unten, das nichts anderes sein kann als das Meer.

*

Das Ticken regiert den Raum. Es gliedert die Küche in unvereinbare Sichtparzellen: hier der rautendurchwirkte PVC-Belag, da ein Stück Raufaser, hier ein Griff, da eine Tür, hier ein Topf, da ein Deckel, hier eine Herdplatte, da ein Schwamm. Der Blick springt mit dem Ticken der Küchenuhr, ausruhen ist nicht gestattet, es schubst einen weiter zum nächsten Bild; ein guter Rhythmus, sogar mein Herzschlag scheint sich zu fügen.

Der Nebel ist so dicht ans Haus herangetreten, dass er die Umgebung ausradiert. Nichts zu erkennen, nur eine weiße, formlose Masse, die uns einschließt wie ein überraschender Schneesturm. Vage schimmern die Konturen des Nachbarhauses vor Sophies Küchenfenster, die erloschene Glaskugel der Straßenlaterne siebt sich wie das Auge eines anämischen Zyklopen durch den Nebel hindurch.

Die Schnitte in meinem Arm pochen. Es ist ein angenehm scharfer Schmerz. Ich habe den Verband abgenommen. Zwei saftige Linien klaffen parallel zueinander auf meinem Unterarm. Die kurze Nacht hat nicht ausgereicht, um sie mit Grind zu verschließen.

Aufgeweicht vom Nebel läuft Füchschen unten auf der Straße entlang, die rosafarbene Zunge schlackert lose neben ihrem Maul. Ihre Pfoten tappen im Takt der Küchenuhr gegen den Asphalt. Mamas Silhouette grenzt sich weniger klar vom Nebel ab als die des Hundes. Fußlos, ganz in Weiß gekleidet schwebt sie Füchschen hinterher, und nur ihre dunklen Augen durchschneiden das milchige Dickicht. Suchend blicken sie zu mir herauf. Ich ducke mich.

Das Wasser kühlt mir zuvorkommend den Kopf. Ich lasse es mir so lange in den Nacken prasseln, bis ich mich sauber fühle. Mein Körper ist angenehm taub. Ich bewege mich langsam, fast schaue ich mir dabei zu, wie ich den Duschvorhang zur Seite ziehe, einen Schritt aus der Wanne mache. Die Gedanken steuern aus weiter Ferne auf mich zu, sie rieseln sanft in mich ein – wie Schnee. Es war eine lange Nacht.

Ohne mich abzutrocknen, laufe ich ins Schlafzimmer. Von meinen Haarspitzen tropft es, es tropft. Ein warmer Wind kommt mir aus dem geöffneten Fenster entgegen.

Während die Baumspitzen des Deisters den Dunst längst durchbrochen haben, bleiben die Autobahn und die große Baustelle ausradiert. Auch über unserem Garten wabert noch ein geschlossenes Nebelmassiv, aus dem sich nach und nach die arrangierte Vielfarbigkeit von Mamas Blumeninseln herausschält. Die Hühner glucksen und picken neugierig hinter dem Hasendraht. Von hier oben, durch den ganzen Nebel, ist nicht zu erkennen, ob sie schon ein Ei gelegt haben.

Ein Blitz durchschlägt mich vom Kopf bis in die Knie, als ich ihn entdecke. Hans liegt neben dem Hühnerstall im Gras. Seine Augen sind geschlossen, die Gesichtszüge gläsern, scharf geschnitten wie aus Eis. Blut klebt ihm an der Schläfe. »Hans!« Er rührt sich nicht, trägt keine Schuhe. Sein rechter Stiefel steht aufrecht inmitten einer Traube Rittersporn. Er hat ein großes Loch im Socken.

»Hans!«

Er rührt sich nicht.

»Hans!«

Ich würde mich jetzt gerne anziehen. Ich würde gerne die Treppen hinunterrennen über den Rasen, direkt zu Hans, ich würde gern sein Gesicht berühren und dabei zusehen, wie die bittere Blässe sich mitsamt dem Nebel verzieht, ich würde seinen Kopf fest in den Händen halten und dabei zusehen, wie die Sommerbräune auf seiner Stirn wieder zu glühen beginnt, ich würde hören, wie seine Haare wachsen, ich könnte sehen, wie seine Hände das Gras umfassen, wie er mit allem zusammenwächst, was ihn umgibt, meine Stimme würde einen hohen Ton annehmen, als wollte ich ein Tier anlocken: »Hallo!«, würde ich sagen, und in diesem kleinen Wort läge eine aufrichtige Bitte. Hans würde mich hören, er würde verstehen, wie ernst es mir mit allem ist, und in dem Moment, wo er die Augen aufschlägt, ...

Aber ich stehe immer noch hier, und Hans bewegt sich noch immer nicht. Die Hühner beginnen im Käfig zu flattern.

Ich schaue mich im Zimmer um. Mama hat meine Kleider ordentlich über den Stuhl neben dem Bett gehängt. Der kleine silberne Taler aus Skadis Aquarium ist aus meiner Hosentasche gefallen. Ich kneife ein Auge zusammen, um die Entfernung besser abmessen zu können, nehme den Taler zwischen Daumen und Zeigefinger, ziele, der Taler beschreibt einen sanften

Bogen über die Rasenfläche, seine glitzernde Drehbewegung fällt nach unten ab, stürzt, tippt Hans an die Schulter, springt weiter und vergräbt sich im Gras.

Da beginnen seine Mundwinkel zu zittern. Und als er die Augen öffnet, zucke ich zusammen, als hätte mir jemand ein kaltes Stück Stahl in den Nacken gedrückt. Kein Gähnen, kein Strecken, kein sich-in-die-Welt-Zurücktasten, Hans ist sofort wieder auf den Beinen.

Er fischt seinen Stiefel aus dem Beet. Wo er hintritt, verzieht sich der Nebel. Sein Hemd ist über der Schulter gerissen, und ich habe ihn gestern Nacht voll getroffen, denn um sein rechtes Auge herum blüht ein blauer Fleck. Er verschränkt die Arme vor der Brust und schaut zu mir herauf.

Und es kommt mir so vor, als wäre er gerade erst hier angekommen oder als hätte er die vergangenen zwei Tage unbemerkt zwischen Mamas Beeten geschlafen und sich erst jetzt dazu entschlossen, sich zu zeigen. So neu und überraschend wirkt sein Anblick auf mich, dass mir beinahe ein *Was machst DU denn hier?* über die Lippen kommt. Eine Hitze schießt mir unter die Haut, alle Wassertropfen verdampfen.

Ohne mich aus den Augen zu verlieren, geht Hans auf das Baugerüst zu. Mühelos greift er um, setzt die Füße nach, hangelt sich hoch und ist so schnell bei mir, dass ich keine Zeit habe, mir ein angemessenes Wort zurechtzulegen.

»Da bist du ja!«, sage ich, und es klingt auch in meinen Ohren, als hätte ich ihn jahrelang vermisst.

Hans streckt seine Hand nach mir aus und ich gebe meinen Kopf hinein. Reingewaschen blau leuchten mir seine Augen entgegen. Und es ist schwer zu sagen, wie lange wir so dastehen, Hans draußen auf dem Baugerüst, ich drinnen dicht am Fenster, wie lange wir so dastehen, wie lange wir uns ansehen, wie lange alles um uns sich verliert, wie lange ich mich darüber freue, dass Hans wirklich hier ist, bei mir, in Odinsgrund. Ohne mich aus den Augen zu lassen, zieht er mich ans Fensterbrett. Die kalte Marmorkante schneidet in meinen Bauch.

Er beugt sich vor zu mir ins Zimmer, umgreift meinen Nacken und drückt seine Lippen so fest auf meine, dass mir der Kiefer schmerzt.

Die ersten Sonnenstrahlen durchbrechen den Nebel. Beim Küssen blinzele ich ins Licht.

Wir fallen in das sonnendurchwirkte Gebirge der Frotteebettwäsche.

Das Fenster steht weit offen. Im Garten bellt der Hund.

*

Kein Mensch weit und breit, nur Häuser, Vögel, Land. Alles so, wie ich es liebe. Hand in Hand laufen wir die Straße entlang. Nichts wird uns begegnen, niemand, denke ich, dies hier ist unser Tag. Immerzu muss ich Hans von der Seite anschauen, wie er neben mir hergeht, exakt im gleichen Schritt, wie er grinst, wie er eisern geradeaus schaut und sich seine Pupillen weiten. Er kommt mir fremd vor, in gleichem Maße, wie ich den Eindruck habe, ihn so gut zu kennen wie niemanden sonst.

Im Nachrausch der langen Nacht beflügelt mich eine grundlose Zuversicht. Die Art, wie das Licht auf den Gehsteig fällt. Der Jauchegeruch, der uns von den Höfen entgegenweht. Der leichte Stoff des T-Shirts, das ich trage. Dieser blitzsaubere Himmel, den der Nebel dramatisch langsam entblößt. Die raue Hand, die ich gepackt halte. Sogar das Zischen der Autobahn hat etwas Friedliches heute, ein naives Lied.

ICH: Ich glaube übrigens, ich komme doch aus einem Autobahndorf.

HANS: Ich weiß.

ICH: Und wie findest du es hier?

HANS: Guck mal! Siehst du die Rehe da hinten?

ICH: Ja!

HANS: Schade, dass wir das Fernglas nicht dabeihaben. Och, sind die hübsch ...

WIR sind am Feldrand stehen geblieben. In der Ferne bewegen sich zwei feine Linien.

HANS: Die sind ein bisschen wie du!

ICH: Wie meinst du das?

HANS: So wild und so ängstlich.

ICH *schlucke:* Mich wundert, dass die Bauern noch nicht unterwegs sind. Die müssen langsam das Korn einfahren.

WIR gehen weiter. HANS legt den Arm um MICH.

HANS: Kennst du die Erntebilder von van Gogh?

ICH: Nicht wirklich. *Pause.* Doch! Eins kenne ich: Da ist nicht direkt die Ernte zu sehen, sondern nur die Felder, ein dunkler Himmel, ja, genau, und Krähen, ganz schwarz, ein Schwarm, und die fliegen in den Fluchtpunkt am Himmel. Weißt du, welches ich meine?

HANS: Ja, das ist wohl das berühmteste. Kannst du dich an die Farben erinnern?

ICH: Gelb und Blau, glaube ich. Mir ist aber vor allem der Strich in Erinnerung geblieben und dieses simple Motiv.

HANS: Die Ernte, die er so oft gemalt hat, stand bei ihm für den Tod. Das ist für mich das Schöne an den Bildern, dass sie so einfach sind. Es ging van Gogh darum, eine möglichst einfache Form zu finden, die alles vermitteln kann. Er wollte, dass die Bilder den Menschen gefallen, die er gemalt hat, den Bauern also. Das war ihm ganz wichtig. Und deshalb hat er versucht, so direkt wie möglich zu sein. Er hat sein Gefühl vor dem Motiv direkt in Farbe umgesetzt.

ICH: Wenn das so einfach wäre ... Die Übertragung ist doch das größte Problem. Daran kann alles scheitern. Auch wenn man die besten Ideen hat, muss man doch oft genug feststellen, dass es das Wesentliche nicht ins Bild oder in den Text geschafft hat.

HANS: Das glaube ich nicht. Ich glaube, dass es irgendwann klappt. Es findet ja immer auch eine Wechselwirkung statt zwischen der Empfindung und dem Ausdruck. Ich blicke in die Welt als Maler, meine Eindrücke verändern sich danach, und irgendwann findet alles zusammen. Außer, die Idee ist Schrott, dann kommen natürlich auch beschissene Bilder dabei raus, das ist klar.

ICH: Ich scheitere oft, gerade wenn es um die Ideen geht, die mir am meisten am Herzen liegen. Da komme ich einfach nicht nah genug ran, und selbst wenn etwas daraus entsteht, hält es kaum zwei Wochen, dann schäme ich mich schon dafür, weil es so wenig mit meiner Idee zu tun hat.

HANS: Dann scheitert es aber eher an deinem Selbstvertrauen.

ICH: Nein! Ich vertraue mir, aber ich will, dass es stimmt. Es muss stimmen, verstehst du? Es darf nicht beliebig sein, nicht eitel, es soll ganz dem Gefühl dienen, das dahintersteht.

HANS: Mir ist es wichtig, mich nicht an einem Gefühl festzuklammern. Da verlasse ich mich lieber auf meine Wahrnehmung. Alles, was in diesem Moment geschieht, kann Einfluss auf das Bild haben, das ich male. Deshalb bleibe ich wach, ich schaue mich um und mache mich durchlässig, für alles, was in diesem Moment geschieht.

ICH: Gerade das fällt mir eben so schwer. *ICH seufze.* Aber heute, zum Beispiel, wo ich verkatert bin, klappt es schon ein bisschen besser.

HANS hält mir die flache Hand entgegen. ICH schlage ein.

HANS: Vielleicht liegt es daran, dass du mir gestern mal so richtig eine reingehauen hast!

ICH: Das Veilchen steht dir eigentlich ganz gut.

HANS: Es hat eine schöne Farbe.

ICH: Na ja! *Pause.* Ach, Hans! Willst du mir nicht mal eine kleine Geschichte erzählen?

HANS: Eine Geschichte?

ICH: Ja.

HANS: Ich kann dir erzählen, was ich heute Nacht geträumt habe.

ICH: Mhm!

HANS: Willst du's hören?

ICH nicke.

HANS: Ich habe geträumt, ich bin Bäcker. Ich stehe mit meinen Kollegen in einem dunklen Hof. Wir rauchen und trinken Bier. Die anderen Bäcker sind fast noch Kinder, und ihre Gesichter sind weiß wie Mehl. Es ist so kalt, dass sich alle die Arme reiben. Um uns herum stehen riesige Mülltonnen, es liegt kein Schnee. Die Kollegen reden und reden, ich sehe ihre Münder auf- und zuklappen, sie lachen, rülpsen, und ich bin froh darüber, sie nicht zu verstehen. Aber ich bin nicht taub, ich höre in der Ferne eine Straßenbahn, ich höre Schritte auf der Treppe im anliegenden Haus, wie es in den nackten Ästen knackt, und in der Backstube läuft das Radio, ganz leise, sie spielen das erste Cellokonzert von Schostakowitsch, und die Bäcker knacken Eier. Die Backstube ist gefliest wie eine Schlachterei, ein paar Schweinehälften hängen von der Decke. Ich forme die Laibe, rolle das Brot. Ich hole ein Blech aus dem Ofen. Da sehe ich, dass ein Brot wackelt. Es zittert. Ich breche es in der Mitte auf. Und mitten im Laib sitzt eine Meise, sie macht den Schnabel auf und sagt: »Mach doch bitte die Tür wieder zu.«

Es klopft. Ich mache die Tür auf, im Dunkeln steht die Frau aus dem Haus. Sie klopft jede Nacht. Zwei große Mülltüten voll alter Brote stehen schon für sie bereit. Die Frau wirkt wie aus Streichhölzern zusammengebaut, so wenig hat sie auf den Knochen. Ihre Zähne hält sie mit den Lippen fest, sie redet mit viel Spucke: »Habt ihr auch noch ein Paket für mich? Ich warte auf die Barbies.« Die anderen Jungs werfen ihr Kusshände zu. Ich schließe die Tür, obwohl die Frau immer noch redet, und höre sie draußen mit den Tüten rascheln. Es hört nie mehr auf, denke ich. Dann trete ich auf etwas, und in meiner Sohle klemmt ein Barbiekamm. Die Jungs haben die Brote auf dem Boden aufgereiht. »Die Särge für die armen Barbies«, sagt die Meise und stürzt sich in den Ofen. Nur weil wir Feierabend haben, wird es noch lange nicht hell. Draußen ist Nacht, da dämmert rein gar nichts. Die Meise ist in meinen Ärmel geschlüpft. Ich trage sie mit in mein Haus, schmutzig und stinkend, ein richtiges Loch, immerhin hat es einen Fahrstuhl. »Warum fährst du nicht mal in den fünften Stock?«, fragt die Meise. »Den gibt es gar nicht!« Und ob! Dort oben treten wir in eine andere Stadt, New York City, ich weiß es genau. Dabei fahren gar keine Autos und es sieht eher aus wie ein Dorf. Ein großer dunkler Mann geht über den Acker. Er hat einen Gang wie eine Giraffe und trägt einen schönen Anzug dazu. Die Haut ist so dunkel, dass sie blau schimmert. Er hat es eilig, seine Bewegungen sind eckig, und gerade als ich ihn erkenne, stolpert er.

Ich hatte recht: Niemand begegnet uns auf unserem Weg durch Odinsgrund. Wir gehen ganz allein die Dorfstraße entlang. Niemand, der etwas in seinem Vorgarten zu tun hätte. Niemand, der aus dem Fenster schaut, kein Radfahrer, keine Kinder, das Dorf ist menschenleer wie die Kulisse aus einem

Traum. Wir gehen um den Stall herum, über den Reitplatz, direkt zu den Weideflächen. Die Wildpferde von Bauer Tatge grasen anderswo, sie sind verschwunden. Hier gibt es nicht mehr viel zu fressen, die vielen Hufe haben die Erde aufgeschlagen, und nur ein einziges Pferd hält auf der Brache die Stellung.

Auf den ersten Blick habe ich sie für einen verkümmerten Jährling gehalten, so klein ist sie geworden. Auf drei Beinen steht Benni auf der Weide. Die Rippen riffeln ihren schmalen Rumpf. Von dem sonderbaren Glanz, über den sich Oskar so gefreut hat, ist nichts übrig geblieben, nur dünnes, stumpfes Fell, der Schweif ein alter Pinsel. Ich kann nichts dagegen tun, dass mir die Tränen kommen, als wir über den Zaun klettern und auf Benni zulaufen. Sie macht keinen Schritt in unsere Richtung, sie zittert nur vom Stehen. Dabei würde sie gern davonlaufen. Sie hat Angst, das kann ich sehen. Benni dreht den Kopf zur Seite, sie wendet sich ab. Ich lege ihr eine Hand auf den Rücken, fahre langsam ihren Hals entlang und lasse sie mich riechen. Ihr warmer Atem, vielleicht erkennt sie mich noch. Lauter Fliegen sitzen in den kleinen Bisswunden, die ihr die Herde zugesetzt haben muss, man sieht den Einschlag der Zähne. Oskar hat uns den Auftrag gegeben, nach ihr zu sehen. »Nehmt Dunkelbier mit, das trinkt sie gerne, und gebt ihr 200 ml Sonnenblumenöl, dann steht sie bald wieder im Saft.« Hans schüttet das Dunkelbier in den Eimer und hält ihn ihr zum Trinken hin. Aber Benni verdreht ihren Kopf so weit, dass uns nur ihr gebogener Hals entgegenguckt. Ich tröpfele ein bisschen Sonnenblumenöl in die Hand und reibe es ihr blind ums Maul. Ihr fehlt die Kraft, um sich zu wehren. Sie hält den Mund geschlossen. »Benni, liebe Benni!« Ich streichele weiter, wieder und wieder fahre ich mit der flachen Hand über den Hals, etwas muss es doch bringen, wenn man sie berührt. Hans macht einen Schritt zurück. Er schaut mir geduldig dabei zu, wie ich versuche, dem Tier ein wenig Kraft zu geben. Benni hört nicht auf zu zittern. Ich traue mich nicht, mich umzudrehen. Denn auch Hans setzt der Anblick zu. Das kann er nicht verbergen. Wir sehen beide, was mit Benni passiert, und wir verstehen, warum es Oskar so schwerfällt, sie aufzugeben. Es liegt etwas Schönes, Erhabenes in ihrem Wesen, das einen noch in der größten Traurigkeit trösten würde.

Als wir über den Zaun klettern und ein letztes Mal zu ihr hinsehen, steht Benni wieder genauso da wie bei unserer Ankunft. Nur, dass sie in der Zwischenzeit noch ein bisschen kleiner geworden ist.

»Jetzt gucken wir uns mal die Baustelle an!«, sagt Hans, als wir auf den Bahnübergang zulaufen.

Ich lächele und wische die Tränen weg. Meine Hände riechen genau wie Oskar, wenn er früher abends aus dem Stall nach Hause gekommen ist.

Erst nach rechts schauen, nichts, kein grünes Licht an der Brücke, dann nach links schauen, nichts, die Schranken sind geöffnet. Hastig springe ich über die Schienen. Seit der scheppernde Regionalzug durch die S-Bahn ersetzt worden ist, häufen sich die Todesnachrichten. Besonders jetzt im Spätsommer, wo das potente Grün der Böschung die Blickfurche derart verengt. Man muss wirklich genau hinschauen, man muss sich beeilen und aufpassen, im eiligen Gang nicht auf dem grob gehauenen Schotter umzuknicken. Viertel vor und Viertel nach, so fahren die Züge. Will man die Gleise überqueren, ist es immer Viertel vor oder Viertel nach, nie kommt man zur vollen oder halben Stunde. Seit über zehn Jahren trage ich keine Uhr mehr, und ich weiß trotzdem, dass es immer kurz vor Viertel vor oder kurz vor Viertel nach ist, wenn ich am Bahndamm stehe und auf die andere Seite will. Hans ist zwischen den Gleisen stehen geblieben, er schaut nach rechts, er schaut nach links, als warte er gespannt darauf, aus welcher Richtung der Zug ihn zu überwältigen gedenke. Dann macht er einen Satz zu mir ins Gras.

»Das wird ein riesiges Lager«, sagt Hans.

»Wofür?«

»Für Dosen.«

»Woher weißt du das?«

»Emma hat es mir erzählt.«

Dort, wo sich früher die Eichen des Krähenwäldchens zu einer geschlossenen Blattkuppel verschränkten, ist nun ein riesiges Loch aus der Erde geschlachtet. Das Loch ist so tief, man bräche sich die Beine, wagte man einen Sprung hinein. Während das Betonfundament schon gegossen wurde, zeichnen sich an den Rändern der Grube noch die frischen Schnitte der Baggerschaufeln ab.

Wenige Säulen, die die Höhe des werdenden Gebäudes skizzieren, reichen bis in die blendend weiße Wolke hinein, die sich gegen das feinporige Blau des Himmels absetzt.

Behelmte Bauarbeiter bewegen sich wie Miniaturmenschen in der weitläufigen Grube. Sie bedienen Kräne und Bagger, die tollpatschig ihre großen Stahlleiber umherwuchten, die ihre Aufgaben trotzdem ganz exakt bewältigen. Die Baggermotoren klingen so, als würde jemand eine oft gespielte Kassette in einem alten Kassettenrekorder zurückspulen. Hans lacht, als ich das sage, und dann schnauft er: »Guck dir das mal an, diese Strukturen!« Neben dem Loch stapelt sich die Bauarbeiterstadt.

»Die schlafen in den Containern«, erklärt Hans. Aus dem zweiten Stock schaut ein unrasierter Mann müde auf uns herab und beißt in ein Brot. Der Himmel spiegelt sich in der kleinen Plastikfensterscheibe. Ich muss die Augen zu Schlitzen machen, so hell ist es heute. Hans hält die Arme vor der Brust verschränkt und fixiert die Baustelle wie einen schwer zu berechnenden Gegner. Seine Augen sind weit geöffnet. Es blendet ihn nichts.

Da fällt ein schwarzer Schatten über das Loch, ein schwarzer vibrierender Schatten. Die Krähen fallen ein. Kreiselnd wie ein Windstrudel wogt der Schwarm über seiner abgeholzten Heimat. Sommers wie winters war das Wäldchen die Zuflucht der Krähen. Jahr für Jahr wurden es mehr, unzählbar, ein richtiges Heer.

Die Vögel stoßen nieder auf den Beton, wie Wellen stieben sie gegen die Kanten der Grube, ein dunkles Federmeer flutet die große Baustelle, wogt flatternd auf und ab. Einen Augenblick lang halten die Bagger inne, die Arbeiter stehen still, sie verbergen die Gesichter unter ihren Handflächen, als könnten sie es nicht mit ansehen, wie verzweifelt die schreienden Krähen nach ihrer ausgelöschten Heimat suchen, wie sie voller Enttäuschung die Schnäbel aufreißen, ihre Köpfchen schütteln, wie sie zu rufen scheinen: *Nichts, hier ist nichts*, und doch nicht verstehen, warum, wohin, was weiter, wie sich ihr großer Irrtum in diese wenigen Sekunden streckt, sie dann schließlich wieder auffahren, als folgten sie alle einem unhörbaren Ruf, wie sie noch einige Runden über der Baustelle kreisen, unheilvoll wie ein dunkler Heiligenschein, um sich dann geschlossen und verstummt ins Ungewisse zu begeben.

Teilnahmslos setzt sich der Betrieb der großen Baustelle wieder in Bewegung. Ein Bagger rauscht dicht am Stellzaun vorbei. Der Fahrer raucht seine Zigarette ohne Handeinsatz. Er bläst sich Rauch in die Augen und zwinkert heftig.

Hans schaut mich an.

»Ich würde dir gerne etwas zeigen«, sagt er.

Seine Zunge stößt bei jedem Konsonanten gegen die Schneidezähne. Mir ist bisher gar nicht aufgefallen, dass er ein wenig lispelt.

»Was denn?«

»Das sage ich dir nicht. Du musst einfach mitkommen.«

Es mag an den Krähen liegen, dass mir noch immer ein bisschen schwarz vor Augen ist. Ich halte mich am Stellzaun fest, die Knie sind weich, mein ganzer Körper bleischwer.

»Wir fahren jetzt gleich los«, sagt er.

Unmöglich!, will ich sofort entgegnen, ich kann jetzt noch nicht hier weg! Du hast Benni doch auch gesehen! Das muss ich Oskar erst mal beibringen. Und dreh dich doch mal um! Siehst du dieses Haus da, das mit dem Stahlgerüst? Siehst du, wie es zittert? Es muss schon lange so dastehen, seit so vielen Jahren schon ist es dem Gezisch der Autobahn ausgeliefert, sodass es nie zur Ruhe kommt, und damit nicht genug: Siehst du, wie ungeschützt es dasteht? Siehst du, wie der Wind sich gegen die Fassade wirft? So geht das schon immer. Und das Haus ist alt geworden. Es steht auf wackeligen Beinen. Da kann auch das Baugerüst nichts mehr ausrichten, mit dem Oskar es so umsichtig gestützt hat. Gleich rutscht der erste Ziegel vom Dach! Gleich zerspringt ein Fenster! Gleich geht die erste tragende Wand zu Bruch!

Mühsam reiße ich meinen Blick von unserem Haus. Hans steht immer noch mit dem Rücken zum Dorf und bedenkt allein mich mit seinem schönen ernsten Ausdruck. Eine ganze Weile stehen wir so da, so lange, bis das Haus in seinem Rücken ein bisschen weniger zittert und ich jemanden, der mir sehr bekannt vorkommt, sagen höre: »Gut. Aber wir müssen uns erst noch von den anderen verabschieden.«

Und obwohl ich ihm nicht gesagt habe, wie unmöglich

es mir in diesem Augenblick vorkommt, Odinsgrund jemals wieder zu verlassen, habe ich den Eindruck, dass Hans es trotzdem weiß. Es ist schlau von ihm, dass er nicht darauf eingeht.

Der Bagger rauscht noch einmal vor dem Stellzaun an uns vorbei. Im letzten Zug an seiner Zigarette hat sich das Gesicht des Fahrers zusammengezogen. Die Zigarette ist so weit heruntergebrannt, dass die Glut gleich den Filter entzündet. »Aua!«, flucht der Fahrer und spuckt den Stummel aus. Schützend verbirgt er die Unterlippe in seiner Mundhöhle. Vor Schmerz sind ihm Tränen in die Augen geschossen.

*

Die Bauern haben begonnen, das Korn einzufahren. Staubumwölkt drischt sich der grüne *John Deere* durch den Weizen.

Ein dumpfes Dröhnen liegt über dem Land. Auf der Mauer vor unserem Haus sitzt Siggi. Seine Hände ruhen auf den Oberschenkeln. Das Kinn ist ihm auf die Brust gesackt, als würde er im Sitzen schlafen. Eine Schubkarre steht neben ihm auf dem Gehsteig.

»Alles in Ordnung, Siggi?«, frage ich.

Füchschen schnüffelt an der schwarzen Plane, die nachlässig über die Schubkarre gelegt ist. Siggi reibt sich die Augen.

»Ich hab kaum geschlafen«, sagt er, und es klingt jämmerlich.

Hans hat sich neben ihn auf die Mauer gesetzt und besieht sich das Erntetreiben vor der Autobahn. Füchschen zerrt an der Plane. Ich muss sie zwei Mal ermahnen, bis sie sich umständlich zu unseren Füßen auf den Asphalt niederlässt, ihr blaues Auge schielt wie das eines januskköpfigen Fabelwesens weiterhin rauf zur Karre.

»Der Affe ist tot«, sagt Siggi und hebt die Plane an. Snorri liegt zusammengerollt auf der Seite, seine Brust ist unversehrt, kein Einstich, keine Verletzung. Auf meine Frage, was denn mit ihm passiert sei, »er hat doch gestern noch in seinem Käfig geturnt«, verhält sich Siggi äußerst merkwürdig. Er steht auf, zupft an der Plane herum, hebt sie von der Karre, legt sie wieder darauf, dann setzt er sich zurück auf die Mauer, fährt sich mit beiden Händen durchs Haar und zieht ganz leicht daran, sodass auch seine Ohren ein Stück höherrücken, er schnauft, und dann beginnt er zu zittern, ganz leicht nur, und man spürt es trotzdem, sogar die steinerne Mauer nimmt seine Unruhe auf, sie scheint zu buckeln. Hans schaut in den Himmel, der sich aller Wolken entledigt hat, sodass die Mittagshitze schonungslos aus dem All auf uns herabschießt.

»Hast du schon gefrühstückt?«, frage ich Siggi, denn es handelt sich offensichtlich nicht um einen dieser Momente, in denen man schweigen sollte.

»Es muss ein Herzinfarkt gewesen sein«, sagt Siggi. »Snorri hatte Angst vor Gewitter. Es hat doch so viel geblitzt letzte Nacht. Und Theresa ist wieder unterwegs. Ich bin doch mit den Kindern ganz alleine.«

Ein Transporter biegt aus dem Höfeweg auf unsere Straße, der Fahrer lautet eine alte Glocke, die roh und verrostet durch seine Fahrerkabine scheppert. Es ist der Abdecker.

Der Abdecker parkt seinen Wagen vor unserem Haus. Die Glocke verstummt. Der Abdecker nimmt Snorri und schmeißt ihn auf die Ladefläche des Transporters. Ein süßlicher Geruch sickert uns entgegen. Der Abdecker wundert sich nicht im Geringsten, dass es ein kleines Äffchen ist, das er entsorgen soll, kein Huhn, keine Ziege.

Aus der Ladefläche ragt ein kleiner Kran mit einem Karabiner am baumelnden Stahlseil. Damit lädt der Abdecker größere Tiere auf seine Ladefläche oder solche, bei denen die Verwesung schon derart fortgeschritten ist, dass selbst er sich an ihnen die Hände nicht schmutzig machen möchte.

15 Euro knüpft der Abdecker Siggi für das kleine Äffchen ab, dann fährt er weiter zum Schweinestall. Wir bleiben auf der Mauer sitzen und sehen dem Wagen des Abdeckers dabei zu, wie er hinter dem Schweinestall verschwindet.

»Wollen wir los?«, fragt Hans.

»Gleich! Lass uns noch ein bisschen hier sitzen bleiben.«

Der Mähdrescher zieht seine Bahnen. Wie ein gefräßiges Tier rollt das Schneidewerk über den Weizen, ein Viertel der Fläche ist bereits kahl rasiert. Über den Stoppeln steht der Staub.

Mamas silberner Kleinwagen biegt um die Ecke. Der Bogen, den er in der Kurve beschreibt, dehnt sich bis auf die Gegenfahrbahn aus. Zum Glück hat sie die Straße ganz für sich. Im Heranfahren lässt sie das Fenster runter. Siggi erhebt sich von der Mauer. Er beugt sich runter und gibt Mama einen Kuss auf die Wange. Mama lächelt Siggi an. Dieses Lachen sieht man nicht oft an ihr, es ist ein glamouröses Lachen, das, wenn sie es wollte, noch immer jeden Mann in den Wahnsinn treiben könnte.

Ich kenne dieses Lachen eigentlich nur von Fotos aus ihren Zwanzigern. Eines zeigt sie nach ihrer standesamtlichen Trauung mit Oskar, vor 30 Jahren also.

In einem gelben Leinenkleid sitzt meine Mutter da am Tisch. Ihr blondes Haar ist kurz und kraus. Die dünnen Arme hat sie lang auf der weißen Tischdecke ausgestreckt. Ihre Hände sind gebräunt und völlig entspannt. Sie trägt einen schmalen Goldring, der genauso zu ihr zu gehören scheint wie dieses umwerfende Lachen, das ihrer Freundin Jutta gilt, die Mama mit weißblondem Vokuhila gegenübersitzt und raucht. Jutta hat in dem Moment, in dem das Foto gemacht wurde, gerade geblinzelt. Ihre blau bestäubten Augen sind geschlossen, die Backen voller Qualm, sie sieht aus wie ein schlafender Kugelfisch. Neben Jutta sitzt ihr Mann Rolf, ein zwei Meter großer Hüne, von ähnlicher Statur wie Magic. Schüchtern blickt Rolf auf Mamas frisch vermählte Hand. Der Platz neben Mama ist leer. Jemand wollte dieses Foto machen.

»Emma, der Affe ist tot«, sagt Siggi, und es klingt jetzt schon nicht mehr ganz so desolat wie noch beim ersten Mal, als er es zu mir sagte.

»Es ist besser so«, sagt Mama, als würde diese Neuigkeit sie überhaupt nicht überraschen. »Er hat sich ja eh nur gequält.«

Siggi hat einen Arm auf das Autodach gelegt, mit der anderen Hand zwirbelt er melancholisch seinen Schnauzer.

»Bestimmt hast du recht«, sagt er und lächelt schief.

»Ich muss jetzt erst mal duschen. Dauert noch ein bisschen mit dem Essen!«, ruft Mama uns zu, dann kneift sie die Augen zusammen:

»Hans! Wie siehst du denn aus?«

»Hat ganz schön Dampf drauf, deine Tochter!«, sagt Hans.

Mama lacht und schüttelt den Kopf.

Siggi beugt sich noch einmal zu ihr runter und nutzt auch den Abschied für einen Kuss. Im selben Moment beginnen die Friedhofsglocken zu läuten. Und kurz darauf, etwas verzögert, fängt auch der Esel unten im Dorf an zu schreien. Siggi schreckt auf.

»Wer ist denn gestorben?«

»Bauer Bock«, sagt Mama und fährt die Scheibe hoch. Mir wird ein bisschen schlecht.

»So, jetzt geht's los!«, sagt Hans und will schon aufstehen. Ich fasse ihn am Arm und sage: »Gleich, ja?« Er setzt sich wieder hin.

Die Ernte drängt sich in die Luft. Nicht nur, dass es jetzt nach Stroh riecht, die ersten pulverigen Schnittwehen hängen auch schon dicht über dem Dorf.

An ihren Farben erkenne ich, dass es Oma ist, die aus dem Dorf zu uns herafläuft. Schwarz die Kleider, weiß das Haupt. Sie sieht winzig aus in ihrem Trauerkleid, und humpelt jetzt auch wieder.

»Hallo, Oma!«

Sie küsst mich und nimmt Platz.

Dann blickt sie auf den Acker und singt:

»Wold, Wold, Wold!
Hävenhüne weit wat schüt
jumm hei dal van hälven rüt.
Vulle Kruken un sangen hät hei,
upen holte wässt manigerlei
hei is nig barn un wert nig old.
Wold, Wold, Wold!«

Im Singen hat sie den Rücken durchgestreckt. Jetzt löst sie die Spannung und wird wieder klein.

»Was sitzt ihr hier im ollen Mölm?«, fragt sie.

»Wir gucken, wer vorbeikommt«, sagt Hans.

Oma schüttelt den Kopf.

»Warst du auf der Beerdigung?«

»Ja, ja! Hat sie schön gemacht, die Frau Pastorin«, sagt Oma, und dass es mit dem Bock an der Zeit gewesen sei. »Das war wirklich nicht mehr schön, der hat sich nur noch gequält.« Sie steht schon wieder auf, will noch ein bisschen in den Garten.

»Ich gehe nachher auch noch mal zum Friedhof«, rufe ich

ihr nach. Oma winkt ab: »Aber nein! Das Grab ist doch weg. Die Pacht ist abgelaufen«, sagt sie. Einen Moment schaut sie so vor sich hin, als begutachte sie noch einmal das gepflegte Doppelgrab: den Grabstein, in den mittig der Familienname gemeißelt war, links der Vorname von Opa und rechts eine glatte freie Fläche für ihren eigenen Vornamen. Kein Zünglein Unkraut in dem quadratischen Beet davor, kein schlappes Pflänzlein, alles jeden Tag gewässert und bedacht.

»Ich habe mir zu viel Zeit gelassen«, sagt Oma, und ihr schwarzer Rock schaukelt nur ganz leicht im Weggehen.

Hans hustet. Er sieht plötzlich ganz blass aus.

»Was hast du? Wirst du krank?«

»Nein, nein! Jetzt pack mal deine Sachen!«

»Ich mach's gleich. Nach dem Essen. Versprochen!«

Der Mähdrescher bleibt stehen. Ein zweiter Trecker parkt einen Hänger unter dem Abtankrohr. Prasselnd fließt das Korn auf das trockene Holz der Ladefläche.

Schon unten an der Dorfstraße hebt Skadi die Hand. Ihre große kompakte Gestalt bewegt sich neben der kleineren weicheren Gestalt von Leif die Straße herauf.

»Ich hatte so ein Gefühl, dass ihr vielleicht schon weg seid«, sagt Skadi, als sie schließlich vor uns steht, in ihrem Rücken das Licht und der Staub, das Gesicht im Schatten.

Über die Autobahn rasen Blaulichter, das Nothorn kommt gegen das Dröhnen des Mähdreschers nicht an.

»Das haben sie gerade im Radio gesagt: Bei Bauer Tatge sind die Wildpferde durchgegangen. Die rennen jetzt alle auf die A2«, sagt Skadi. Auf der Spur Richtung Berlin bewegt sich nichts. Durch die unsaubere Ernteluft sieht es so aus, als parkten die Autos hintereinander aufgereiht mitten in der Landschaft.

Es klopft. Oskar lächelt uns vom Esszimmerfenster aus zu. Dann hebt er das Fernglas vor die Augen. Mama tritt neben ihm ans Fenster. Sie bewegt ihre Lippen.

Was sie sagen könnte:

»Oskar, so weit kannst du mit dem Ding nicht sehen.«

»Oskar, da auf der Mauer sitzen unsere Kinder.«

»Oskar, ich habe keine Angst vor dem Tod.«

Mama macht eine Geste, die bedeutet, dass das Essen fertig ist, und tritt vom Fenster weg. Das gespiegelte Feld und die Autobahn liegen über Oskars Gesicht. Ein Motorrad schießt aus der Autobahnunterführung hervor und zerschneidet ihm die Stirn.

Auf seiner neuen Kawasaki rast der Hüne an der Bahnlinie entlang. Er legt sich tief in die Kurve, noch ein Stück tiefer, und sein Knie schürfte über den Asphalt. Auf den letzten Metern beschleunigt er kräftig, sodass das Geheul des Motors in den Ohren explodiert; ohne ein Schleudern, ohne ein Quietschen kommt die Maschine vor uns zu stehen. Wie eine zu groß geratene Schutzhaut wirft die Lederkombi Falten an den Gelenken des Hünen. Er nimmt den Helm vom Kopf und rückt auf der Sitzbank ein Stück nach vorn. Sein Gesicht ist noch weich gepolstert vom Schlaf, seine Augen sind müde. So sieht einer aus, der Nachtschicht schiebt.

Mit jeder Nacht, die die Männer durcharbeiten, werden sie ein bisschen schlapper. Dann verlernen sie das Schlafen, dann vertragen sie kein Geräusch, Kindergeschrei ist dann am allerschlimmsten, *das geht auf Kosten der Familie*, sagt Magic immer, dabei soll doch der Familie das Geld zugutekommen, das die Männer draufgelegt kriegen, wenn sie die großen Fließbänder zu so später Stunde bewachen. Auch, wenn man dann wieder andere Schichten macht, ist man schwach und schlecht gelaunt, will eigentlich gar nicht mehr nach Hause. Weil da alle was von einem wollen, weil man da nie seine Ruhe hat, da ist es doch auf der Arbeit schon besser.

Dem Hünen wurde früh das Herz gebrochen. Seine große Liebe hat ihn mitsamt seiner kleinen Tochter eines Tages ohne ein Wort verlassen. Zu Hause stören ihn höchstens Oma und die Frauen, die unter seinem Badezimmerfenster stehen und nach ihm rufen: *Magic, Magic!* Nur die wenigsten lässt er zu sich herauf.

Aber auf der Arbeit, da versteht man sich. Da wollen alle das Gleiche: Karten spielen und Kurze tanken. Da stört es nicht, wenn man ab und zu mal eine Kette wechseln muss, gut, es gibt auch größere Katastrophen, da ist dem einen oder anderen auch schon der ein oder andere Finger abhandengekommen. Den meisten aber kommen nur die Jahre dort abhanden, denn man wird alt, auch das sagt Magic, *man wird dort schneller alt.* 20 Jahre arbeitet er im Werk, mein Onkel, und er hat Glück, denn ihm schmerzen bloß die Glieder, die meisten bekommen früher oder später einen *irreparablen Dachschaden.* Eine zweite Werkspsychologin wird bald eingestellt, weil die erste überlastet ist, und alle neuen Mitarbeiter besuchen vor Dienstantritt ein Seminar mit dem Titel: *Die Auswirkungen der Nachtschicht.* Es wird nicht hinterm Berg gehalten mit den Risiken, auf die man sich einlässt. Und warum trotzdem? Für das viele Geld. Und wohin damit? Ein neues Motorrad!

Der Helm des Hünen ist viel zu groß für meinen kleinen Kopf. Als er das erste Mal beschleunigt, fliegt er so hart in den Nacken, dass ich fast hintenüberkippe. Ich habe meine Arme fest um Magics Brustkorb gelegt. Durch die Lederjacke rumst sein großes Herz gegen meine Handfläche.

Schon als Kinder mussten wir auf jedem neuen Motorrad, das Magic oder Oskar anschleppten, eine Runde um den

Schweinestall fahren, probeweise; und so ist es bis heute. Der einzige Unterschied: Mittlerweile schmiegen wir uns unbeholfen wie Ehefrauen von hinten an den Fahrer, während wir bis zum Nymphchenalter zwischen seinen Beinen sitzen durften, die Hände auf den heißen Tank gelegt, die Augen auf dem Tacho.

Der Weg, der hinter dem Schweinestall entlang in die Feldmark führt, ist nicht gepflastert. Magic manövriert die Kawasaki mit gedrosseltem Tempo über das holperige Relief der Treckerspur. Sie lässt sich nur schwer im Zaum halten, die neue Maschine, versucht immer wieder kreischend loszujagen. Ich klappe das Visier hoch und rufe: »Läuft super, Magic!«

Der Hüne nimmt die Hand an den Mund und veredelt mein Lob mit einer Chefkochgeste, bei der er ganz kurz Daumen und Zeigefinger mit den gespitzten Lippen antippt.

Der Wagen des Abdeckers parkt im Schatten hinter dem Schweinestall. Der Abdecker sitzt ein Stück von seinem Wagen entfernt in einem Sonnenfleck auf einem dicken Stein. Er hat die Knie angewinkelt und notiert etwas in einem kleinen Büchlein. In diesem Büchlein listet er nicht etwa die Tiere auf, die er täglich auf der Ladefläche aufhäuft, denn er schaut konzentriert, ja richtig philosophisch sieht das aus, wie der Abdecker da die Lippen kräuselt, wie die schwierigen Gedanken hieroglyphisch in seine Stirn gemeißelt sind. Ich bin mir sicher, er schreibt ein Gedicht.

Wir preschen hinter dem Schweinestall hervor. Auf der Mauer sitzen sie und winken. Die Kawasaki ruckt und jault, als müsste Magic sie tatsächlich erst noch richtig zureiten. Vor der letzten Kurve bremst er so spät ab, dass ich die Augen schließe und die Arme zudrücke, mir wird schlecht, ich höre mich kreischen; in diesem Tempo schaffen wir es niemals heile auf die Zielgerade!

Aber in letzter Sekunde, und es ist wirklich die allerletzte, zügelt der Hüne das Pferd, und ich hatte ganz vergessen, wie schön das ist: sich einfach dem Sturz in die Kurve anzuvertrauen. *Oh, Magic!*

★

Beim Mittagessen kriegt Hans kaum einen Bissen runter. Er räuspert sich in einer Tour.

»Du siehst ziemlich fertig aus«, sagt Mama. »Vielleicht legst du dich ein bisschen hin?«

Hans guckt streng zu mir herüber. Ich habe den anderen noch nicht erzählt, dass wir vorhaben, heute zu fahren, und auch jetzt bin ich dazu nicht bereit. Ich brauche noch ein bisschen, wenigstens bis morgen.

Oskar nimmt das Fernglas zur Hand, um im Stau auf der Autobahn nach den Wildpferden zu suchen.

»Rennen die denn da noch rum? Das ist doch gefährlich!«, fragt er Skadi.

»Den Pferden ist nichts passiert!«, antwortet sie.

»Wie geht's denn Benni?« Oskar legt das Fernglas weg. Er sieht mich erwartungsvoll an, dabei weiß er schon, was ich sagen werde: »Es geht ihr sehr schlecht, Oskar!«

Oskar schaut auf seinen Teller nieder, er schluckt. »Abwarten!«, sagt er, und es wird still am Tisch.

»Du kannst dich auch in den Garten legen, wenn du magst«, sagt Mama schließlich zu Hans und streichelt seinen Arm. »Da habe ich extra für dich eine Liege aufgestellt.«

»Danke, Emma! Das ist lieb«, sagt er und geht hinaus, ohne mich noch einmal anzusehen.

1,80 Meter, mindestens, muss der Zaun hoch sein, damit die Hühner nicht darüber hinwegfliegen können. Natürlich könnte man ihnen auch die Flügel stutzen, aber das kommt für Mama nicht infrage. In ihren weißen Clogs misst sie den maximalen Radius aus, den das Hühnergehege in ihrem Garten einnehmen darf. Sie zeigt sich gnädig und beschreibt einen weiten Kreis, der sicher drei imaginäre Blumeninseln verhindert.

Nicht ohne Grund haben wir lieber ein Huhn mehr als ein Huhn weniger gekauft. Denn bald segelt der Habicht über dem Haus, und der Marder schärft in seinem Versteck schon jetzt die spitzen Zähne. Aber noch sind sie vollzählig, picken dicht gedrängt im Hasenstall, sie scheinen sich alle sehr wohlzufühlen, wenigstens verhalten sie sich so, wie man das von jungen Hühnern erwartet. Sie glucksen und picken, unsere aufdringlichen Blicke nehmen sie geringschätzig zur Kenntnis. Der Hund, der sich selbst zur Wache auserkoren hat, der nervös um den Stall herumrennt, existiert für die Hühner überhaupt nicht. Es ist ein hedonistischer, gänzlich angstfreier Hühnerhaufen, den wir da von dem patenten Nymphchen zugeteilt bekommen haben.

»Und wie sollen sie heißen?«, fragt Skadi. Was hat es uns für eine Beherrschung gekostet, die Hühner nicht schon auf der Autofahrt aus ihrer Namenlosigkeit zu retten. Mir geisterten die schönsten Ideen im Kopf herum. Um sie für Mama noch attraktiver zu machen, dachte ich, müsste man sie in Steine verwandeln; Granit, wäre das als Hühnername denkbar? Porphyr? Sandstein?, fragte ich mich, und auch Skadi biss sich maßregelnd auf die Lippen, um nicht mit einem ersten Vorschlag alle Dämme zu brechen.

Mama nimmt ihre Aufgabe ernst. Sie mustert die fünf Namenlosen in aller Ruhe, viel länger, als wir das erwartet hatten.

Unsere Mutter trifft ihre Entscheidungen normalerweise rabiat und voreilig, auch die falschen. Wenn sie wütend auf Oskar ist, zum Beispiel, wenn er *wie ein Kind durch den Tag rennt*, wenn er seine Aufgaben nicht richtig erfüllt, wenn er keine Gründe sieht, traurig zu sein, und Mamas Wimperntusche ihre Wangen schwärzt, dann knallt sie die Türen hinter sich zu und fährt wutentbrannt ins Gartencenter. Da guckt sie sich die Stauden an und weiß, dass es nicht klug war, auszureißen, dass jede äußere Handlung die innere Not nur noch vergrößert. Und es ist ein guter Mann, den sie geheiratet hat, der nichts kann für ihr namenloses Unglück, das keine Gründe nennt, gegen das kein Kraut gewachsen ist und das ja auch oft genug Ruhe gibt, es kommt schubweise, aus dem Nichts, es kann an jedem Staubkorn hängen, an jedem Wort, und dann platzt es auf, quillt über, und Mama windet sich in zäher Herzensnot, dann wird sie traurig, zu traurig.

Skadi und ich verfolgten so manchen Tränensturm, das Ohr an die geschlossene Tür gelegt, aber auch allein an der Stille, die uns aus der Küche entgegenkroch, konnten wir es hören; wenn Mama rührte und klimperte, nicht dass sie sonst viel sprach beim Kochen, doch ihr Schweigen war dann ein anderes, jeder Schnitt, jeder angehobene Topfdeckel, jedes Geräusch, das sie machte, so gewöhnlich und leise es auch war, klang in unseren Ohren wie eine Warnung, als würde sie sich beim nächsten Handgriff lebensbedrohlich verletzen. Wir saßen regungslos und lauschten, wir drückten die Daumen, dass der Sturm vorüberziehen möge.

»Das ist Frida«, sagt Mama und zeigt auf das schwarze Huhn mit dem goldenen Kragen. Skadi und ich versichern uns unserer Enttäuschung. Muss sie es denn wirklich Oma nachmachen, die ihre Hühner immer mit holzschnittartigen Altweibernamen versah?

Allerdings passt Frida tatsächlich zu der dicksten Henne, da fällt es schwer, zu protestieren, und schon die zweite Entscheidung zerstäubt unser voreiliges Urteil und beweist, dass unsere Mutter ein Wesen voller Geheimnisse ist. Das weiße Huhn nennt Mama Schneewittchen, das hellbraune Huhn tauft sie auf den Namen Leipzig, das zweite braune wird Odin heißen und das grau-weiß gescheckte, das im Vergleich zu den anderen am mickrigsten aussieht, nennt Mama Ranger. Das ist die größte Überraschung, ein richtiger Hammer, der Leif feucht losprusten lässt:

»Wieso Ranger?«

»Einer muss aufpassen«, sagt Mama.

»Im Norden Europas gibt es eine Vogelart, die Odinshühnchen heißt«, sagt Hans von seiner Gartenliege, und darüber ist Mama entzückt.

»Süß«, findet sie das, und nichts weiter.

Frida, Schneewittchen, Leipzig, Odin und Ranger müssen damit leben, dass Mama ihnen ungerührt den Rücken kehrt und sich jetzt mit glitzernden Augen der Schubkarre voller Vulkangestein zuwendet.

Auf ihren Wunsch hin manövriere ich die Schubkarre zu dem freien Platz zwischen der Blitzbirke und dem Amberbaum. Die Filia lässt Mamas Rücken schmerzen und macht ihre Knochen weich.

Es fällt nicht leicht, die Karre beim Fahren in der Waage zu halten, so schwer ist sie bepackt. Skadi ist viel stärker als ich, es gälte bloß zu schnipsen, und sie käme gelaufen und würde die Karre souverän an ihren Zielort bewegen. Aber ich bin erleichtert zu sehen, dass sie und Leif mit Hans am Tisch zusammengefunden haben. Sie spielen Mau-Mau. Hans brütet konzentriert über seinem Blatt.

Ich höre, wie Skadi ihn fragt: »Was malst du denn für Bilder, Hans?« Er ist wirklich angeschlagen. Seine Stimme klingt kraftlos und dünn, als er Skadi anwortet. »Landschaften«, sagt er, »am liebsten male ich Landschaften.«

Die Steine will Mama nicht wie gewohnt als Beetbegrenzung einsetzen.

»Wie fändest du es, wenn wir die einfach alle aufeinanderstapeln?«, fragt sie. Es ist eine ernst gemeinte Frage, die sie schon die ganze letzte Nacht, den ganzen Morgen in der Praxis, beim Blutabnehmen und Spritzenaufziehen, beschäftigt haben muss.

»Richtig gut, Mama!«

»Wirklich?«

»Ja, wirklich.«

Sie reicht mir zwei Handschuhe und wir beginnen, auf dem Rasen das Fundament zu legen.

Keine bestimmte Form anstreben, lautet die Bauanweisung, die Steine sollen einfach lose geschichtet werden, und die Form, die sich dabei zufällig ergibt, wird die richtige sein. Die Kälte der Steine ist auch durch die Handschuhe deutlich zu spüren. Ohne lange zu zögern, häufen wir die Steine auf, Schicht für Schicht, Stück für Stück, Stein für Stein, baut sich etwas vor uns auf, das wir im Ganzen nicht überblicken. Und so sehen wir erst als wir fertig sind, ein paar Schritte zurücktun, dass der Steinschrein sich nach oben hin verjüngt, dass er in seiner Form an eine Pyramide erinnert, viel mehr aber noch an einen Vulkan.

Vom Feld her kommt der Abend über unser Haus. Lodernd beschienen von der halbmondförmigen Sonne, die sich hinter dem Schweinestall dickflüssig auf den Horizont ergießt, weht der feine Sand geschnittenen Strohs in den Garten. Hans reibt sich die Augen, die vom vielen Wischen und Tränen schon ganz gerötet sind, ihn plagt ein trockener Husten. Er liegt immer noch auf der Liege, während Mama und ich mitten in der Gartenarbeit stecken.

»Guck dir das an«, sagt Mama, als sie neben der Kräuterspirale haltmacht, der Zitronenmelisse vertrocknete Stränge ausreißt, sie in der freien Hand zerknittert.

Ihre Fingerkuppen sind vom Graben ganz verdunkelt, unter den Nägeln aber findet sich kein einziges Krümelchen Dreck.

»Den könnt ihr euch oben bei Sophie auf den Tisch stellen«, sagt sie und hebt die Blüten gegen das allmählich schwindende Rosa des Abendhimmels, ein schöner Strauß: Margeriten, Rittersporn, Mutterkraut.

»Wir fahren morgen wieder los«, sage ich, spreche es aus wie einen Reflex, und Mama nickt bloß, reibt sich die Augen, sie pflückt eine unerwünschte Flechte aus dem Beet, die eine überraschend lange Wurzel nach sich zieht, sodass Mama den Arm hoch in die Luft heben muss. Durch ihren Ärmel blicke ich direkt auf die lange Narbe an ihrer Brust.

Mama erkannte uns kaum, als wir damals als Ärzte verkleidet in blauen Kitteln an ihrem Bett standen. Sie war gerade erst aus der Narkose erwacht. Fünf Stunden hatten die Ärzte gebraucht, um den Knoten zu entfernen, und ihre linke Brust. Unter den Kitteln trugen wir abgeschnittene Jeans und Sandalen, es war ein heißer Sommer. Mamas Anblick hatte Oskar so schwer getroffen, dass ich Skadi am liebsten die Augen zugehalten hätte. Aber Skadi beachtete ihn gar nicht, sie griff nach Mamas Hand und küsste ihre schlaffen Lippen, wurde wieder Kind-Skadi, obwohl sie gerade 14 geworden war. Und es muss an der Narkose gelegen haben, dass Mama an Skadi vorbeiblickte, direkt zu mir, sie war so blass, hatte so viel Blut verloren, dass ihre Augen geisterhaft gelb zu mir heraufsahen, und sie hätte das niemals so offen vor ihren Kindern gesagt, wenn nicht etwas ihr die Kontrolle entzogen hätte, sie sagte: »Ich bin verseucht.«

Der Stoß ging gleichzeitig auf uns alle nieder. Wir wurden in den Boden gestoßen. Eine Weile blickte Mama uns noch fragend an, dann schlief sie wieder ein. Als wir das Zimmer verlassen sollten, konnte sich keiner von uns bewegen. »Kommen Sie jetzt, bitte. Wir passen auf sie auf.«

Und es kostete mich große Mühe, aber ich brach als Erste meinen Fuß aus dem Boden und ging; Skadi folgte mir. Oskar blieb noch ein paar Minuten bei ihr. Und als er dann in dem blauen Gewand auf dem Krankenhausflur erschien, das Gesicht hinter den Händen versteckt, wie gern hätte ich ihn da getröstet.

Aber nur Skadi kannte das Zauberwort. Sie sagte es ein einziges Mal, ganz laut und ganz klar; und alles lag in diesem einen Wort, die ganze Angst, die uns für die kommenden Jahre bevorstand, die ganze Würde unserer Mutter.

Es gibt gute Gründe dafür, warum wir unseren Vater Oskar nennen und nicht »Papa!«.

*

Der Himmel hat sich beinahe vollständig verdunkelt. Sterne blitzen, das abnehmende Mondgesicht gähnt blass und feuerlos über dem Deister.

Hans sitzt auf der Veranda und löffelt eine Hühnersuppe, die Mama ihm in Windeseile zubereitet hat, nachdem ihre Finger diagnostisch seine Stirn berührt hatten: »Du hast Fieber!«

Es beruhigt mich sehr, dass er so schwach ist.

Seit der Spritze heute Mittag liegt Oskar im Rücken hochgepolstert auf dem Sofa und macht selten Witze.

Dass er sich die Rippen gebrochen hat, wussten wir, aber dass Oskar auch noch andere Verletzungen von dem Sturz davongetragen hat, erfuhren wir erst nach dem Mittagessen, als Mama mit Oskar plötzlich verschwand. Als ich kurz darauf die Teller in die Küche trug, zog Mama gerade die Nadel aus Oskars Hintern. Sie hatte den Hosenbund so weit nach unten verrückt, dass seine Pobacken in ihrer ganzen tiefblauen Versehrtheit im Mittagslicht aufleuchteten. So ein Hämatom hatte ich noch nie gesehen. Nicht nur der gesamte Hintern unseres Vaters war tiefblau, die beim Sturz geplatzten Adern hatten auch die gesamte untere Hälfte seines Rückens beängstigend verdunkelt. Eilig zog Oskar sich die Hose hoch, Mama half ihm, das T-Shirt ordentlich in den Bund zu stopfen, und dann setzte sich Oskar mit einem Geräusch, das uns in seiner ungewohnten Süßlichkeit klarmachte, wie prompt das Wirkungswunder der Spritze gegen seine Schmerzen anfloss. Medikamente machen Oskar müde. Ob Medikamente gegen schlechte Gedanken oder Medikamente gegen Schmerz, Oskar wird immer müde, wenn er Pillen schluckt oder sonst etwas Chemisches in seinen Blutkreislauf gerät.

Ich habe ihn heute im Vorübergehen immer mal wieder schlafend dort auf dem Sofa liegen sehen. Die Hände ordentlich neben der Hüfte platziert, den Kopf entwaffnet zur Seite abgestürzt, die Stirn in Falten, als würde er sich alle Sorgen für den Schlaf aufsparen.

In den Momenten, in denen er sich unbeobachtet wähnt, wenn man ihn zum Beispiel vom Fenster aus im Garten beobachtet, rührt Oskar mich am meisten. Wie er eine schwer beladene Schubkarre schiebt, die Arme zu zwei verlässlichen Stützen erstarrt, wie er, sobald es kalt wird, auf der Leiter balancierend einen selbst gezimmerten Nistkasten an die Reneklode hämmert, eine Wolke Atem vor den Nüstern, wie er mit dem Hund losgeht, zügigen Schrittes, ein viel zu großes Basecap auf dem borstigen Silberschopf, den Kopf abgewandt, auf das Land gerichtet.

Unmöglich, zu erahnen, was mein Vater in diesen Momenten denkt.

»Setz dich her«, sagt er jetzt und winkelt die Beine an, sodass ich Platz habe zu seinen Füßen. Er kann seinen Blick kaum vom Fernseher abwenden, so sehr fesselt ihn die Naturdokumentation, die er schaut.

Am liebsten sind Oskar Formate, die sich konzentriert dem Leben, Fressen und Sterben einer einzigen Tierart widmen. Die neuerdings recht populären Kurzsendungen, in denen alles bloß angerissen wird, nichts vertieft, in denen in einem Atemzug die Tiervierfalt der Arktis abgehandelt wird, während sich der Zuschauer im nächsten schon vor der brennenden Wüstensonne in Acht nehmen muss, gefallen Oskar nicht so gut. »Wegen der Bilder«, wie er sagt, schaut er sie trotzdem. Denn das ist allen Naturdokumentationen gleich, dass sie schöne Bilder versammeln, dass man darüber ins Staunen geraten darf, wie fremd und fantastisch und unbegreiflich die Landschaften unseres Erdballs sind.

Wenn Oskar Motorradrennen schaut, dann sprudeln ihm die Gefühlswallungen nur so über die Lippen, sein Juchzen und Fluchen strömt dann befeuert vom surrenden Schwarmgetöse des Rennkaders durchs Haus. Schaut Oskar eine Naturdokumentation, macht er hingegen keinen Mucks. Man hört dann bloß die sehnsüchtigen Melodien, die zurückgenommen die Bilderschau begleiten.

Schwarz-weiß marmoriert formt sich das Gemisch aus Asche, Gas und Stein über der Mondlandschaft zu kompakten Wolkenungeheuern, die statisch an der Öffnung des Eyjafjallajökulls kleben.

Der Eruptionsspezialist Thor Olafsson, positioniert im Wind vor einer schwarzen Lavawüste, erklärt die Funktionsweise einer Magmakammer. Der grauhaarige Forscher veranschaulicht das Phänomen anhand einer Plastikflasche, die mit Mineralwasser gefüllt ist: Das Magma enthält Gas, das durch die Erschütterung seinen Druck erhöht, nimmt dann der Druck in der Magmakammer ab, indem man zum Beispiel die Plastikflasche öffnet, spritzt es mit einer Wucht heraus, Thor Olafsson ins Gesicht, und die Bauern in der Umgebung können ihre Ernte vergessen, im schlimmsten Fall sogar das ganze Land.

»The whole island is a volcano«, sagt Thor Olafsson, lacht und schüttelt den Kopf.

Die Forscher wandern mit analogen Messgeräten über das karge Land, über Gletscher: »Verrückt!«, sagt Oskar, und das denke ich auch. Feuer und Eis, so schicksalhaft benachbart: »Viele Vulkane liegen unter einem Gletscher«, tönt die männliche Erzählstimme sanft aus den Boxen.

Die britische Forscherin Laura Getti kommentiert das Problem der Vorhersagbarkeit von Vulkanausbrüchen folgendermaßen: »As soon as you think you finally figured out how it's working, something happens you would never have expected.«

Laura Getti steht, den Fuß auf einen Magmabrocken gestellt, vor einem türkisfarbenen Gletschersee, in dem sich glitzernd die Höhensonne spiegelt. Als auf der Tonspur ein Trommeln einsetzt, zuckt sie lächelnd mit den Achseln.

Nachdem die geballte Kontinentalkraft der Insel noch einmal eingehend bebildert worden ist, folgt der Film mit einem einzigen harten Schnitt plötzlich einem ganz anderen Interesse.

Töltende Islandpferde bewegen sich durch aufspritzendes Flachwasser, die Sonne scheint auf grasende Schafe auf verlassenen Weidehängen, auf schlafende Elefantenberge, versiegelte Seen, Hot Tubs, Springquellen, Wale.

Oskars Sehkraft ist auf dem linken Auge stärker als auf dem rechten. Deshalb hat er den Kopf immer ein Stück vom Bildschirm abgewandt, sodass er im Grunde nur mit dem linken Auge fernsieht.

Ätherische Harfenklänge vermengen sich mit naturromantischen Impressionen Islands. Ich vermisse sofort den düsteren Vulkansoundtrack, der mir mit dumpfen Trommeln und piksenden Fehltönen eine Gänsehaut bescherte. Wie herrlich wäre es, wenn der Regisseur jetzt wenigstens Thor Olafsson und Laura Getti noch einmal ins Bild bringen würde. Sie könnten in Funktionsjacken am Hafen von Reykjavik sitzen, Hummersuppe löffeln und hinter ihnen würde die Sonne untergehen und den langen Winter am Horizont anzeigen. Thor und Laura würden lachen und die Köpfe schütteln, mit den Schultern zucken und sich nach einem gekonnten Schnitt, der sie an einer abendlichen Straßenkreuzung zeigt, mit herzlichen Wangenküssen unter dem schwachen Schein einer Straßenlaterne voneinander verabschieden; Wangenküsse, die verrieten, dass Laura und Thor bei einem Vulkanausbruch vor vielen Jahren einmal gemeinsam fast ums Leben gekommen wären und dass sie seitdem das unsichtbare Band der Grenzerfahrung aneinanderschnürt.

»Ich weiß, dass ich sie bald einschläfern lassen muss«, sagt Oskar, als eine Gruppe von Reitern auf einem schmalen Pfad über die Hochebene balanciert.

»Sie kann kaum noch stehen«, sage ich.

Oskar nickt. »Ja«, sagt er, »es hat alles nichts geholfen.«

Während er sich wieder ganz in die Dokumentation vertieft, blicke ich auf seine Hände, die über den Fingerknöcheln aufgerissen sind beim Sturz, die sich nicht rühren, sondern ruhen.

Mama lärmt in der Küche. Papier knittert. Ein mehlgedämpftes Rühren, sie schlägt den Holzlöffel an der Plastikschale ab. Sie öffnet eine Schublade, holt ein Messer raus. Das Messer klackt gegen Porzellan. Der Deckel klirrt zurück auf den Buttertopf. Wasser läuft. Wasser stoppt. Der Drehknopf am Backofen knackt über drei Stufen auf 200 Grad. Vorheizen. Aufwärmen. Ein sachtes Hochfahren. Wind aus der Lüftung. Ein Platschen, als der Teig auf die Arbeitsfläche fällt. Hohle Schläge mit der flachen Hand, ein Klopfen.

Ich habe mich in die Türöffnung geschlichen. Im warmen Licht der Küche steht Mama mit dem Rücken zu mir und knetet den Teig. Nicht nur ihre Hände, ihr ganzer Körper ist beteiligt. Sie hat sich auf die Zehenspitzen gestellt, wippt in ihren Gesundheitsschuhen auf und ab. Würde ich mich jetzt bemerkbar machen, gäbe es einen großen Schreck. Wie vom Blitz getroffen, würde Mama zucken, die mehlige Hand würde ihr ans Herz schnellen, ein heftiges Einatmen würde Augen und Mund weit öffnen, sie würde sich in einem Reflex zu mir umwenden, und ich könnte dann sehen, wie der Schreck abfällt und sich eine Erleichterung auf ihrem Gesicht ausbreitet.

Mit einem Schmatzen fliegt die Terrassentür in meinem Rücken auf. Ich fahre herum. Es ist Skadi, die Leif voran ins Haus eilt. Sie hat die Hand zu einer Kuhle geformt und verbirgt etwas darin. Als sie aufschaut, kann ich nicht sagen, ob sie mich anlächelt oder Mama, die in der Küche, die Hand auf dem Herzen, den Schrecken im Gesicht, ebenfalls herumgefahren ist.

Über das Ei gebeugt, haben wir alle sechs am Couchtisch zusammengefunden. Ganz vorsichtig hat es Skadi auf der Fernsehzeitung abgelegt. Nun traut sich niemand, es zu berühren.

»Sind sie nicht noch viel zu jung dafür?«, fragt Mama.

»Nein, nein! Das kann schon vorkommen«, sagt Oskar.

»Wer hat es denn gelegt?«, frage ich.

»Ich tippe auf Frida«, sagt Skadi.

»Aber wissen tun wir's nicht«, sagt Leif.

»Wie nennt man denn so was?«, fragt Hans.

»Windei«, sagt Mama leise, als würde ein zu lautes Sprechen die zarte Haut zum Bersten bringen: »Das ist ein Windei.«

Oskar hat den Fernseher ausgestellt. Für einen kurzen Moment wird es sehr still im Raum. Obwohl das Fenster geöffnet ist, kann ich die Autobahn nicht hören. Selbst das Ticken der Wanduhr, auf das noch in der größten schaurigsten Stille stets Verlass gewesen ist, bleibt aus. Das lange Pendel ruht in seinem Glaskasten. Die Zeiger sind am Nachmittag so stehen geblieben, dass der große den kleinen auf den Millimeter genau bedeckt. Allein die herzförmige Pfeilspitze des Stundenzeigers, die sich unter der Linie des Minutenzeigers symmetrisch zu beiden Seiten ausbeult, verrät, dass es zwanzig nach vier gewesen ist, als das Uhrwerk stoppte.

Das Windei hat keine harte Schale. Sein flüssiges Inneres wird allein durch einen Hauch von Haut zusammengehalten. Ich versuche, durch das Eiweiß bis in den Dotter vorzublicken, doch der Hauch von Haut ist trotz seiner Zartheit absolut blickdicht.

Wie so was zustande kommt, will Hans jetzt wissen. Das Fieber hat sein Gesicht endgültig zum Glühen gebracht. Seine Lider sind schwer, auch der Kopf, er nickt leicht nach vorne. Es ist ihm anzusehen, dass es ihm schwerfällt, hier zu sitzen.

»Das passiert ab und zu«, erklärt ihm Oskar: »Ein leichter Kalkmangel. Der lässt sich schnell beheben. Man muss die Hühner nur mit Muscheln füttern.«

»Muscheln?«

»Ja, Muscheln. Die gibt es hier zum Glück wie Sand am Meer.«

Das kann Hans natürlich nicht wissen, dass die Muscheln direkt vor der Haustür liegen. Wenn die Felder vor dem Dorf abgeerntet sind, wenn die Bauern alles gepflügt haben, da kommen aus der Erde hier in Odinsgrund lauter kalkweiße Herzmuscheln zutage. Man muss bloß über die Straße gehen, die aufgeregten Möwen verscheuchen, dann findet man überall Meeresgut auf dem Acker. Es riecht dann auch nach Meer, nach Fisch, nach Salz, nach Alge.

»Wie kann das sein?«, fragt Hans.

Skadi lächelt. Mama nickt. Ich zucke mit den Achseln.

Obwohl wir durch den *Bullenschluck* vom Vortag alle leicht betäubt sind, denkt noch niemand daran, ins Bett zu gehen. Mama hat Tee gemacht. Es duftet nach dem Brot, das im Ofen wächst. Wir führen sanfte ziellose Gespräche. Hans hat mir sein Skizzenbuch auf die Knie gelegt. In den letzten zwei Tagen hat er eine beachtliche Anzahl neuer Zeichnungen gemacht. Wie in einem Roman kann ich in seinem Skizzenbuch alles nachlesen, was in den letzten Tagen hier passiert ist: die alte Esche, Gestrüpp, das Haus, die Hühner, der Hund, Skadis Birke, der Tisch, das Gras, Magic, die Ernte, die Autobahn und dann die Zeichnung, die Hans vergangene Nacht im Garten von Mama gemacht hat, kurz nach ihrem Sturz ... Zurückgelehnt sitzt sie da inmitten der Dunkelheit, ihre Lippen sind leicht geöffnet, ihre Augen glühen, alles in ihrem Gesicht ist umwerfend heiter, jeder Muskel ist entspannt, sie sieht sehr glücklich aus, meine Mutter; und noch etwas fällt mir an seiner Zeichnung auf: wie ähnlich wir uns sind. Wenn ich die Zeichnung nur flüchtig anschaue, meine ich, mich selbst darin zu sehen. Aber Skadi und mich hat Hans auf einem anderen Blatt ins Bild gesetzt. Bis zur Hüfte stecken wir in einem weiten uferlosen Gewässer und lächeln uns verschwörerisch zu. Unter der Wasseroberfläche, die heftig in Bewegung ist, sind mit schwachem Strich unsere nackten Beine zu erkennen. Aber halt! Erst auf den zweiten Blick sehe ich, dass das keine Beine sind, die da wohlig durchs Wasser gleiten, es sind wohlgeformte Schwanzflossen, wie sie echten Meerjungfrauen gebühren.

Die Nacht ist wolkenlos hier oben an Deck. In der Ferne kreuzen sich von Zeit zu Zeit Schiffe auf ihrem Weg Richtung Dortmund, auf ihrem Weg Richtung Berlin. Zweiäugig tasten ihnen ihre Flutlichter am Bug voraus. Sie passieren einander grußlos, ohne ein Läuten, ohne dass ein Horn losbläst.

Hans ist einfach nicht ins Bett zu kriegen. In Decken gehüllt sitzt er auf der Veranda vor dem Haus. Um mich bei der Opferbringung zu begleiten, ist er allerdings doch zu schwach.

Einige Druckbuchstaben haben sich von der Fernsehzeitung in die Haut des Windeis hinübergefärbt: ein *r* und ein *z* und ein hochgewachsener Buchstabe, der in der Mitte zerbröselt, der ein kleines *l* sein könnte oder ein kleines *t*, schwer zu sagen, es ist sehr dunkel hier draußen.

Schneewittchens weißes Gefieder zeichnet sich am deutlichsten hinter dem Hasendraht ab. Bedächtig durchschreitet sie den Käfig, während die anderen vier auf der Stange über der Futterrinne schlafen. Ich klappe den Käfig auf und lege das Ei ins Gras.

Oskar hat sich gewünscht, dass dieses erste Ei zurück zu den Hühnern findet, als Opfer für einen wachsenden Legeeifer.

Die Muscheln sollen gleich morgen, wenn die Ernte beendet ist, vom Acker herübergeholt werden. An nichts soll es den Hühnern fehlen.

Noch ehe ich den Käfig wieder geschlossen habe, ist Schneewittchen schon auf das Windei zugestürzt und hat mit dem Schnabel lautlos die dünne Haut durchhackt. Schon gurgelt der Dotter ihre hüpfende Kehle hinunter und landet in Schneewittchens warmem Bauch.

»Morgen bin ich wieder gesund«, sagt Hans. Er hat Schweiß auf der Stirn und klappert mit den Zähnen, das Fieber schüttelt und schlägt ihn, er beißt die Zähne zusammen, schwitzt und friert. Seine Augen jedoch ruhen stark wie eh und je, als würde sein Körper diesen Kampf ganz alleine führen, während sein Geist ungebeutelt weiterwächst.

Schweigend blickt er auf das halb gemähte Feld vor unserem Haus. Wahrscheinlich prüft er, ob sich die Muscheln schon aus der Tiefe wühlen. Ich jedenfalls kann die Veränderung ganz deutlich spüren, auch wenn der Meerduft noch von der Ernteluft in Schach gehalten wird. Die frisch durchkämmte Erde blinzelt mit hellen Muschelaugen in den Himmel. Und über den Acker galoppiert ein Pferd. Das Wasser schäumt zu seinen Füßen. Jede Bewegung explodiert vor Kraft. Auf seinem Rücken klammern sich zwei Lichtgestalten ängstlich aneinander. In der schnellen gleichmäßigen Bewegung des Pferdes sind ihre Gesichter nicht zu erkennen. Aber wer kann es schon anderes sein als die Spinnenkinder? Der vordere Zwilling krallt sich an der fliegenden Mähne fest, der hintere an seinem Vordermann. Auch das Pferd ist ängstlich, es wiehert, hebt das Haupt und bläht die Nüstern.

Skadis Stimme ist noch ganz dicht bei mir:

Das haben sie gerade im Radio gesagt: Bei Bauer Tatge sind die Wildpferde durchgegangen. Die rennen jetzt alle auf die A2.

Das Pferd prescht durch die Brandung, dass es spritzt. Herzmuscheln bersten unter seinen Hufen. Zielgerichtet hält seine schäumende Bahn auf das hohe Korn zu, die Spinnenkinder verschmelzen zu einem einzigen vom Galopp durchzuckten Sonnenfleck in der Dunkelheit. Das Pferd springt in den Weizen und verschwindet ganz darin.

Die Brandung auf dem Acker geht gleichmäßig.

Das Wasser beseitigt alle Spuren.

Und dann ist da noch Füchschen. Im Dunkeln steht sie auf der Rasenfläche und rührt sich nicht vom Fleck. Sie hält die Schnauze in den Wind, der deutlich zugenommen hat. Es peitscht und klimpert an den Häusern wie kurz vor einem Sturm.

Füchschen hat die Ohren aufgestellt, ihre Pfötchen sind fest in den Rasen gepflanzt, sie hält sich aufrecht, um dem Wind ihren ganzen Körper entgegenzusetzen, wie ein Segel spannt sie sich auf und genießt es sichtlich, jedes Härchen bewegt zu wissen. Ein diffuses Lächeln umspielt ihre Lefzen.

Noch vor zehn Minuten hat sie winselnd vor der Terrassentür gestanden. Mamas Bemühungen, sie ins Haus zu bewegen, waren zwecklos. Alles Säuseln, alle Liebesbekundungen, alle Schutzversprechen halfen nichts, den letzten Schritt über die Türschwelle konnte sie nicht machen, so sehr ihren geweiteten Angstaugen auch anzusehen war, dass sie sich nichts sehnlicher wünschte, als Mamas ausgestreckter Hand zu folgen.

»Abends will sie nie ins Haus«, sagte Mama und schloss schweren Herzens die Glastür vor dem flehenden Hundegesicht. Füchschen zuckte unter dem Schmatzen der Tür kurz zusammen, rannte dann bellend auf die Rasenfläche und blickte rauf zum Mond.

Es ist ein Fluch, dass diese eine Nacht vor sieben Jahren für Füchschen beispielhaft für alle Nächte in diesem Haus bleiben wird. Seit sieben Jahren erlebt sie ein- und diesselbe Nacht.

Auch ich lag in den letzten Jahren immer wachsam in meinem Bett, wenn ich zu Besuch kam, und lauschte nach Geräuschen. Ein Knacken im Gebälk, ein Schritt, ein Gong, ein Luftzug, und das Herz begann zu rasen. Jedes Geräusch war in der Lage, einen dunklen Verdacht loszutreten. Wie oft bin ich zitternd im Dunkeln das gesamte Haus abgegangen? Habe den Atem der Schlafenden geprüft? Habe im Badezimmer Licht gemacht? Den Blick in den Spiegel gemieden? Wie oft habe ich in jedem Winkel, in jeder Ritze einen bösen Geist gesehen? Wie oft bin ich dir da begegnet, Füchschen, wie du in der Stunde zwischen drei und vier winselnd vor Skadis Zimmertür gewacht hast?

Dein Bellen holte mich aus dem Schlaf, das ist gewiss.

Erst dann hörte ich das Poltern. Eine Lichtlinie schnitt sich durch den Türspalt in die Dunkelheit des Zimmers. Jemand war schon wach. Dieses Poltern. Ein Einbrecher, dachte ich, ganz sicher, und drückte beide Daumen, dass Oskar nicht zu übermütig das Haus verteidigen möge, dass er sich klarmachte, dass er noch bettwarm war, sein Gegenüber jedoch womöglich bewaffnet.

Eine ganze Weile lag ich angststarr da, daran erinnere ich mich ganz genau, dass sich nichts bewegen ließ, obwohl jeder Muskel gespannt darauf wartete. Ich konnte noch nicht lange geschlafen haben. Wir hatten bis spät im Esszimmer gesessen und Skadis Geburtstag gefeiert, ihren 20., in kleiner Runde, nur wir vier. Es war nicht die Zeit für große Feste.

So windelweich hatte dein Warnbellen mich geschlagen, Füchschen, dass ich mich nicht einmal traute, die Nachttischlampe anzuknipsen. Die Geräusche, die von unten zu mir heraufdrangen, wollten einfach keinen Sinn ergeben. Mamas Stimme mischte sich in das Klopfen und Schlagen. Erst als unten etwas brach, sprang ich aus dem Bett und öffnete die Zimmertür. Das ganze Haus war hell erleuchtet, jede Glühbirne brannte.

In der offenen Badezimmertür stand Mama, kahlköpfig, im Nachthemd. »Nicht!«, sagte sie, als sie mich sah, aber hinderte mich nicht daran, hinter sie zu treten, sodass ich Oskar sehen konnte, der neben der Badewanne kniete und Skadi mit der flachen Hand gegen die Wange schlug. Es war eigentlich mehr ein bestimmtes Streicheln als ein Schlagen, nicht wahr, Füchschen?

In einem alten T-Shirt, das ihr gerade bis über den Bauchnabel reichte, und in Unterhose lag sie da. Ihre Jeans war sorgfältig auf dem Toilettendeckel zusammengelegt. Ihre langen Beine, auf denen sich in den vergangenen Monaten immer neue Brand- und Schnittwunden versammelt hatten, zeichneten sich weiß gegen das Blut ab, das seltsam rostig, nicht richtig rot, auf den Abfluss zusickerte. Aber war es wirklich so viel Blut, dass es fließen konnte? War es nicht eigentlich recht wenig?

Dass mir schlecht wurde, weiß ich noch; so schlecht, dass man meint, den Rest seines Lebens in diesem erbärmlichen Zustand verbringen zu müssen, wenn nicht ganz schnell etwas passiert. Aber was genau passierte, habe ich vergessen, ganz ehrlich, Füchschen, ich erinnere mich nicht mehr. Vielleicht ist eine Zelle geplatzt, ein Tröpfchen Blut ist verdampft, wie gesagt, ich kann mich nicht erinnern, nur dass ich ruhig wurde, sehr ruhig, weiß ich noch, und plötzlich erschien mir alles ganz gewöhnlich, ja logisch sogar.

»Ist sie tot?«, muss ich gefragt haben, und Mama muss »Ich weiß es nicht« geantwortet haben.

»Nein, nein, sie hat bloß zu viel getrunken«, sagte Oskar. Vielleicht habe ich mir das aber auch nur eingebildet. Dass Skadi sich mit einer Flasche Wodka im Badezimmer eingesperrt und betäubt hatte, glücklicherweise vom vielen Schnaps ganz müde geworden war, sodass sie, noch ehe sie mit der Rasierklinge das entscheidende Gefäß treffen konnte, eingeschlafen war, was Füchschen Zeit gab, zu bellen, und Oskar Zeit, die Tür aus dem Schloss zu brechen, haben wir ja erst später, Stück für Stück, zusammengefügt.

Als die Sanitäter kamen, hatte Oskar es geschafft, Skadi aufzuwecken, und dich, Füchschen, sperrte ich in den Garten, um dich von dem großen Wehklagen abzuhalten, dass du doch ganz sicher nicht zurückhalten hättest können, wenn sie Skadi mitnähmen. Und dir hätte es ganz sicher das Herz noch viel schlimmer beschädigt, wenn du das gesehen hättest, wie Skadi mühevoll in den Stand gebracht wurde, wie sie kein Wort sprach, die Augen weiterhin geschlossen hielt und sich von den Sanitätern abführen ließ, als wäre sie tatsächlich ein Einbrecher.

Während Oskar mit ihr ins Krankenhaus fuhr, packten Mama und ich ihre Sachen. Die blutigen Rasierklingen, die zwischen ihren sauberen Unterhosen hervorblitzten, ließen wir beide unkommentiert. Ich schnitt mir aus Versehen in den Finger. Als hätte man dich gerufen, warst du plötzlich wieder im Haus, Füchschen, obwohl dich niemand eingelassen haben konnte. Du folgtest uns auf Schritt und Tritt, hast gezittert, dein ganzer Körper war in Panik, und doch verbatest du dir jeden weiteren Laut. Wahrscheinlich sagte Mama »Ach« oder »Du« zu dir, etwas, das uns beiden klarmachte, dass, hättest du, Füchschen, nicht auf sie aufgepasst, unsere geliebte Skadi es womöglich geschafft hätte, in ihrem kurzsichtigen jugendlichen Schmerz, für immer zu verschwinden.

Wir saßen auf Skadis Bett und gestatteten uns fünf Minuten ohne einen einzigen Handgriff. Mama war sehr krank. Du hast mir das Blut von der Fingerkuppe geleckt. Und aller Wahrscheinlichkeit nach habe ich das in der Erinnerungsgeschichte mit den Jahren hinzugefügt, denn jetzt, da ich hier draußen neben diesem fiebrigen verschlossenen Menschen sitze und du, Füchschen, dir den straffen Wind in die Ohren jagen lässt, fällt es mir erstaunlich schwer, mich zu erinnern. Fast kommt es mir so vor, als wäre ich in Wirklichkeit gar nicht dabei gewesen, oder als würde die Sorge, die ich um meine Schwester hatte, schon eine ganze Weile allein auf deinen Schultern liegen.

Ob erfunden oder nicht, als ich damals mit Mama auf Skadis Bett saß, da schautest du zu uns auf, und wenn ich mich nicht täusche, hatten deine Augen sich in diesem Moment auf eine Farbe geeinigt, die weder Blau war noch Grün, sondern eine schwer zu beschreibende, die sich am ehesten noch als ein wärmendes glühendes Gelb bezeichnen ließe.

Hans hat von hinten die Arme um mich geschlagen. Zwischen meinen Schulterblättern schlägt hastig sein Herz. Die Giganten schlafen schon. Wir sitzen hier allein, als wäre das unser Haus.

»Was ist denn eigentlich mit diesem Hund?«, fragt Hans.

»Wie meinst du das?«

»Na ja.«

»Mhm?«

»Ich weiß nicht ... ist das denn überhaupt ein Hund?«

Hans beginnt zu husten. Beim Einatmen knistert und piepst es in ihm drin.

»Jetzt bring ich dich aber ins Bett«, sage ich und reiche ihm etwas Wasser. Während er trinkt, streiche ich ihm über das Haar.

Hans schließt sofort die Augen. In dieser Hinsicht ist er berechenbar: Er wird weich, berührt man seinen Kopf. Und während ich das denke und sein heißes Gesicht streichele, öffnet er mit einem Schlag die Augen und sagt: »Ich liebe dich, Edda! Weißt du das eigentlich?«

Jetzt ist es ihm doch zu Kopf gestiegen, das Fieber, das Fieber. Vielleicht werde ich auch krank. So heiß auf einmal und keine Stimme mehr. Die Hände schwitzen. Ein Glück ist es dunkel, sodass Hans nicht sehen kann, wie das Blut in meine Wangen schießt, wie es für einen kurzen Moment lückenlos dem Hirn entkommt und sich im Körper staut: im Hals, unterm Bauchnabel, auf den Lippen, in der Brust.

Unverändert thront der Hund im Wind. Hinter ihm, dort wo der Komposthaufen liegt, flackern jetzt gelbe Punkte in der Nacht. Es sieht so aus, als würde eine unbestimmte Menge nachtaktiver Tiere auf uns zusteuern. In einer sanften Wellenbewegung kommen sie näher, wachsen sie aus sich selbst heraus zu immer neuen, immer helleren Lichtern an, es sind so viele, dass man sie unbedingt zählen sollte, und zu viele, als dass man sie zählen könnte. In dichter werdenden Bahnen umkreisen die Glühwürmchen den Hund, der stolz und ruhig zu uns herüberblickt. Und obwohl die Glühwürmchen sich in keinem offensichtlichen Muster auf Füchschen zubewegen, ist nicht zu übersehen, dass ihre Bahnen enger werden, enger, dass sie ihren Lichtreigen so fest um Füchschens Gesicht schlingen, dass sich ihr wärmendes glühendes Gelb in den Augen des Hundes spiegelt.

⋆

Ein Tritt und die Schwalbe läuft. Zweitaktig tuckernd, saharafarben, aufgebockt und willig bittet sie zum Aufstieg.

Hans kommt mit einer Taschenlampe und einem Bindfaden in der Hand aus der Garage und verstaut alles in der Packtasche, die wir mit Proviant befüllt haben. Seit sicher zehn Minuten trägt er schon den Helm auf dem Kopf und ist bereit zum Aufbruch. Alle Schläuche, jede Schraube an Magics altem Moped hat er geprüft, jetzt grinst er zufrieden in der rechteckigen Helmöffnung und klopft aktivierend auf die Sitzbank.

Wie versprochen ist das Fieber über Nacht verschwunden. Der Mann ist wieder rundum gesund.

Früh schlug er die Decke zurück, öffnete das Schlafzimmerfenster, und der Atemzug, den er am offenen Fenster stehend machte, hätte seinen Brustkorb fast zum Platzen gebracht, so energisch atmete er den frischen Meerduft ein.

Das Schneiden und Wühlen der Erntefahrzeuge hatte mitten in der Nacht begonnen. Bis auf einen kleinen Kornkreis in der Mitte des Ackers, den die Bauern absichtlich stehen lassen, ist das Feld jetzt am Morgen abgeerntet und gepflügt. Die Möwen segeln über dem Acker, die Krähen verteidigen das Land.

Anstandslos kuriert stapfte Hans in den Tag. Ich gab vor, noch zu schlafen, habe minimal geblinzelt, ihn beim Packen belauscht. Ich habe auf ein Husten gewartet, ein Stöhnen oder sonst irgendein Anzeichen dafür, dass sich das Fieber als ein perfides dauerhaftes Leiden in ihm festgesetzt hätte. Aber in jeden Handgriff war die Abenteuerlust zurückgerauscht, das Ratschen des Reißverschlusses klang wie ein entschiedener Schnitt.

Als Hans schließlich unter der Dusche verschwand, verfolgte ich die wohlvertrauten Geräusche, die meine Eltern weiter unten im Hause machten, und wie sich in diesen Geräuschen ihr eigener Aufbruch formulierte. Mama würde Oskar zur Nachsorge in die Praxis fahren, überraschenderweise durfte der Hund wohl mit, anschließend würden die beiden einkaufen und gegen Mittag nach Hause zurückkehren. Stimmen im Treppenhaus, Schritte, ein Bellen, »Schhh«, Schlüssel. Und erst als Mama in ihrer umsichtigen Art und Weise, kaum hörbar, die Haustür hinter sich ins Schloss zog, stand ich auf.

Keine einfache Aufgabe, die Augen aufzukriegen.

»Bist du auch so müde?«, fragte ich Hans beim Zähneputzen.

»Nein«, sagte er und warf eine Handvoll Wasser aus der Dusche nach mir, aber auch das half nicht.

»Komm, kaltes Wasser. Komm!«, rief Hans.

»Ich schaff's nicht bis unter die Dusche«, sagte ich und sank bürstend auf den Klodeckel nieder.

»Komm! Ich helf dir!«

Eiskalt, das Wasser, eiskalt.

Nach der Dusche fühlte ich mich noch erschöpfter. Beim Bettenmachen hätte ich mich nur zu gerne wieder hineingelegt. Beim Schreiben des kleinen Briefes, den ich auf dem Küchentisch hinterließ, wäre mir um ein Haar der Stift aus der Hand gefallen, so schlapp waren die Finger. Fünf Buchstaben in zwei Zeilen mussten durchgestrichen und neu geschrieben werden. Meine Handschrift war kaum zu erkennen, so weich und taumelnd malte ich den Abschied aufs Papier. Mama wird an diesem Brief ablesen können, dass ich beim Aufbruch in keiner guten Verfassung gewesen bin. Sie wird sich Sorgen machen, aber dann bin ich schon weg.

»Die Kette!«, sage ich.

Ich bin niemals vergesslich und doch laufe ich heute Morgen einzelnen Haarnadeln nach, die ich im Bad habe liegen lassen, hole noch einen Apfel, eine Kiwi herbei, kehre manchmal auch mit leeren Händen aus dem Haus zurück, weil ich, im Haus angekommen, vergessen habe, was ich hatte holen wollen, und erst zurück vor die Tür treten musste, damit es mir wieder einfiel.

Hans zeigt sich nicht ungeduldig, aber er packt mich jetzt am Arm, küsst mir die Handfläche und bedeutet mir auf seine Weise, dass ich nur noch ein einziges Mal reingehen werde, dass es jetzt losgeht.

Die Kette muss oben in meinem Kinderzimmer sein, in dem Kiefernnachtkästchen mit den bunten Knöpfen. Die Kette hat Mama mir zu Skadis Hochzeit geschenkt, als Trost dafür, dass ich als ältere Schwester meine jüngere Schwester noch unverheiratet zum Altar führen musste.

Bei der Kette handelt es sich um ein schmuckloses silbernes Amulett, ganz neu. Hinter die Plastikscheibchen im Innern kann man winzig kleine Ahnenbilder klemmen. Ein paar Tage habe ich es leer um den Hals getragen, habe jedoch dann nach sich häufenden Fragen, was denn darin ...? wer ...? und nach den verschämten Antworten, die ich genötigt wurde zu geben, dass nämlich niemand, nichts, dass es leer sei, beschlossen, es wieder abzulegen.

Das Amulett ist matt und glitzert wenig. Es wundert mich, dass es so viel Aufmerksamkeit erregt, dass etwas so Schlichtes in der Lage ist, eine derartige Neugier hervorzurufen.

Mühelos tauche ich in den feingliedrigen Kettenring und spüre, wie angenehm kühl das glatte Metall sich auf mein Brustbein legt, wie die Kettenglieder einzelne Härchen im Nacken aufstören.

Wer sagt denn schon, dass dort unbedingt etwas hineingehört?

Ich laufe runter durchs Wohnzimmer, durch den Flur in die Küche, die Beine lassen sich mittlerweile doch ein bisschen leichter bewegen.

Ich trinke ein Glas Leitungswasser. Neben der Spüle sind zwei runde Holzbretter übereinandergestapelt, zwei buttrige Messer liegen parallel zueinander darauf, Brotkrümel, abgetrennte Radieschenköpfe, feine Rillen im Holz, daneben zwei Tassen, die sich an den Henkeln berühren, auf ihrem Grund: Kaffeepfützen.

Ich stehe da vor diesen Brettern, das leere Glas in der Hand, und überlege, wie ich Hans das beibringen kann, dass es mir aufgrund dieser Frühstücksbretter, die mir so besorgniserregend vorkommen, unmöglich ist, jetzt einfach abzuhauen.

Die Tür fällt ein bisschen lauter hinter mir ins Schloss, als ich das geplant hatte. Eilig laufe ich zu Hans.

Sie scheinen über Nacht noch gewachsen zu sein. Wie knöcherne Riesen stoßen die Windräder mit ihren Häuptern fast gegen das löchrige Wolkenpolster am Himmel. Hans beschleunigt. Knatternd steuert er die Schwalbe auf die Autobahnunterführung zu. Er klappt das Visier nach oben, dreht den Kopf zur Seite und schreit: »Wie ungelenk die aussehen, wenn sie sich nicht drehen.«

Und ohne ihn wäre mir das wohl gar nicht aufgefallen, dass nichts in Bewegung ist dort oben, dass die Windräder still stehen.

Aber was zuckt denn da so finster am Himmel?

Mal ein Stück voraus, mal ein Stück zurück flattern zwei Krähen neben uns her. Sie bewegen sich so dicht über unseren Köpfen, dass ihre Gestalt nicht sicher auszumachen ist, sondern bloß als dunkle zitternde Form in der Sicht herumgeistert.

Das schwarze Loch unter der Autobahn rückt näher. Ein paar Mal nur müssen die Räder noch rollen, dann verschwinden wir darin. Kurz bevor wir endgültig hineinfahren, schließe ich die Augen, halte vorsichtshalber sogar die Luft an, und als wir, nach einem langen körperlosen Gleiten, auf der anderen Seite wieder aus der Dunkelheit hervortauchen, hat sich das Tor nach Odinsgrund hinter uns geschlossen.

*

Wir sind am Ende angekommen. Ich kann die Zweige teilen und nichts rückt nach, dort hinten wird es heller, ein paar Schritte sind es bloß noch durch das Dickicht, dann muss ich mich nicht mehr in Acht nehmen vor all den spitzen Zweigen, die uns den ganzen Weg über so fest gepackt hielten, dass mir bei jeder unbedachten Bewegung ein Riss in die Haut ging. Wie durch einen Dornenbusch haben wir uns langsam Stück für Stück mit größter Mühe bis hierhin durchgeschlagen. Hans ist schon ins Freie getreten. Jetzt mache ich es ihm nach: Ich strecke meine Hände aus, schiebe die letzten Zweige aus dem Weg und betrete, mit dem Kopf zuerst, einen unbekannten Raum.

»Wie du aussiehst«, sagt Hans und lacht.

»Und du!«

Feine Schmisse auf dem ganzen Gesicht, kreuz und quer, manche rot, manche blutig, andere feinweiß, schon wieder erlöschend.

»Jetzt sind wir gezeichnet!«, sagt er.

»Und für immer entstellt.«

Solange wir den Wald durchquert haben, einen Wald, das muss man sich vorstellen, der in seiner Dichte und Verschlungenheit dem tropischen Regenwald gleichkam, dabei aber hart und trocken war wie ein Scheiterhaufen, haben wir kaum gesprochen. Hans blieb stehen, wenn der Faden sich spannte und lief weiter, sobald er sich lockerte. Mit dem Bindfaden aus Oskars Garage hatte er uns vor dem Betreten des Waldes Bauch an Bauch aneinandergeschnürt, was zu umständlichen Verwicklungen führte und das Vorankommen nicht unbedingt erleichterte.

Wir müssen uns irgendwo im Norden des Landes befinden, genau sagen kann ich es aber nicht. Es ist nur ein Gefühl.

Ich habe mir vorgenommen, nicht zu fragen, wie weit es noch ist oder wo es denn nun eigentlich hingeht, aber die ganze Plackerei mit den Ästen hat mir doch irgendwie zugesetzt, meine Beine sind müde und ich weiß, nicht lange, dann bin ich mit der Geduld am Ende. Der Wald ist noch längst nicht durchquert. Wenn es denn überhaupt darum geht, den Wald zu durchqueren. Ich nehme das seit einer Weile an, aber sicher ist auch das nicht.

Hier jedenfalls, jenseits des Scheiterhaufens, befinden wir uns in einem Areal maßgeschneiderter Baumreihen, die auf ihren grasbewachsenen Alleen selbst Lastfahrtrupps und Mammutherden eine bequeme Durchreise ermöglichen könnten. Alle Bäume gleichen sich, in der Größe wie auch in der Form. Ein langer Stamm wächst pfeilsteil in den Himmel. Die Rinde ist dunkel, von grobem Relief, und sehr weit oben am Stamm thront ein kleines Krönchen, nicht beblättert, ohne Nadeln, das helle Grün, das uns von dort oben entgegenstrahlt, verdankt sich einer dünnen Faser, die im Geäst hockt und, könnte man sie berühren, sicher wie Gummi anzufassen wäre.

Linker Hand glitzert etwas erfrischend Klares in der Ferne, ein einladendes Gemisch aus Himmel und Meer. Genau das, was ich jetzt brauche. Ich bleibe stehen. Da hinten, wo sich der Wald zum Wasser öffnet, ist etwas in Bewegung. Zu weit entfernt, um es genau zu erkennen, ich sehe nur eine geduckte Gestalt, die eilig hinter einem Baumstamm verschwindet.

»Hast du ein Fernglas dabei?«, frage ich.

»Nein!«

Hans' Stimme echot durch die Allee. Er ist schon ein gutes Stück vorausgelaufen.

»Lass uns doch hier langgehen!«, rufe ich ihm nach. »Da hinten können wir baden!« Hans geht einfach weiter. Ich würde jetzt wirklich gerne ins Wasser, aber vor allem lockt mich die Gestalt, die ich gesehen habe. Ein paar Schritte gehe ich allein in die Richtung, wo sie aufgetaucht ist, dann zieht etwas an mir. Obwohl Hans den Bindfaden gekappt hat, muss ich ihm hinterher. Die Gestalt, die hinter dem Baumstamm verschwunden ist, hat sich nicht noch einmal gezeigt, und ich weiß trotzdem, dass sie uns folgt. Es bewegt sich ein Schatten in meinem Rücken, der mit bloßen Augen nicht zu fassen ist. Und doch kann man die Anwesenheit dieses Dritten körperlich spüren. Ein seltsamer Druck in meinem Innern verrät ihn, auf diesen Druck ist Verlass.

Aus dem sandigen Boden, auf dem wir jetzt gehen, wächst ein ebenmäßig gestutzter Rasen, im gleichen Grün wie die Baumspitzen, von ähnlicher Künstlichkeit. Ich reiße ein paar Halme aus. Es ist ganz gewöhnliches Gras, das frisch gesät sein muss, die Halme sind stecknadeldürr, jugendlich biegsam.

Wir laufen jetzt an einem niedrigen Zaun entlang. Der Zaun begrenzt ein Grundstück, das sich so weit in die Tiefe dehnt, man könnte nur mit einem Fernglas herausfinden, wo es endet. Kein Haus, keine Hütte, kein Stein, kein Stuhl in Sicht, nur ein Kind stromert auf dem Grundstück umher. Das Kind summt eine kleine Melodie. Es ist auf der Suche. Abwechselnd tastet sein Blick den Boden ab, prüft dann die Baumkronen, wozu es kurz stehen bleibt, dann gleitet sein Blick über die Zaunlatten, um schließlich wieder im Gras zu stöbern.

»Hallo, Charlie!«, ruft Hans und winkt. Charlie stoppt kurz, er grüßt zurück. Für ein Kind seines Alters, ich schätze ihn auf acht, hat Charlie eine ungewöhnlich maskuline Stimme. Sie ist heiser und tief und bildet einen wunderlichen Kontrast zu dem Lied, das er singt, das ich erst jetzt verstehe: »Cola mit Fanta, Cola mit Fanta, Cola mit Fanta, ...«

Dieses Mantra, wird mir auf den kommenden Kilometern klar, hält einen ungeheuer fit. Es reicht schon, es beim Gehen still im Kopf herumzuführen: Cola mit Fanta, Cola mit Fanta, auf das weiße Rechteck am Ende der Baumschlucht zu, wo wir die Nacht verbringen werden.

Als hätte er sich in der Vergangenheit als Kokosnusspflücker verdingt, robbt Hans, Arme und Beine zu Schlaufen verschränkt, den langen Stamm hinauf.

Es ist der letzte Baum am Ende der Reihe. Der Abstand zwischen diesem letzten Baum und dem vorletzten Baum zeigt eine erste Unregelmäßigkeit im peniblen System der Bepflanzung. Der Abstand ist siebeneinhalb Schritte breiter als die übrigen exakt elf Schritt großen Zwischenräume.

Ich nehme den Rucksack ab und setze mich ins Gras. Etwas zittert in der Baumschlucht, die Gestalt ist uns näher gekommen, ein rot-weißer Schwanz verschwindet hinter dem Stamm, ich sitze ganz still, um sie nicht zu erschrecken. Ich wünsche mir, dass sie uns näher kommt. Was immer uns da auf den Fersen ist, es jagt mir keine Angst ein.

»Komm hoch!«, ruft Hans aus dem Guckloch des Baumhauses. Er winkt mit einem großen Messer.

Auf einem Bärenfell hat Hans uns im Wipfel Abendbrot gemacht. Wir löffeln Fischkonserven und knabbern getrocknetes Brot, das in einem geflochtenem Körbchen in unserer Mitte steht. Nach der langen Wanderung tut jeder Bissen gut. »Lecker!«, sage ich, »richtig gut!« Hans küsst mich mit öligen Lippen.

Neben dem Messer, mit dem Hans mich hoch gewunken hat, sind noch eine Menge anderer Waffen in die Holzwand gerammt: ein Säbel, eine Axt, ein Schraubenzieher, eine Nagelfeile. Es riecht nach Terpentin.

Hans hat dieses Baumhaus selbst gebaut. Es habe nur ein bisschen Anlauf gebraucht, erklärt er mir. Als er die Plattform fertig hatte, erschuf sich der Rest gewissermaßen von selbst. Ich richte mich auf, den Scheitel im Giebel, hüpfe ein paar Mal von hier nach da, es wackelt wirklich nur ganz wenig.

»Grundsolide«, lobe ich ihn. »Hier ist es genau wie in deinem Atelier.«

Der gleiche Geruch, die gleiche Atmosphäre, wahrscheinlich würde jeder Raum, den Hans bewohnt, nach kurzer Zeit genauso aussehen wie diese Räuberhöhle hier: Tuben und Kleckse, wohin man sieht. In jedem Winkel des Häuschens ist ein Farbfleck zu entdecken. Alles scheint einmal mit dem Pinsel markiert oder wenigstens in Berührung mit einer malenden Hand gewesen zu sein. Auf meiner Jeans hat sich auch schon ein blau-gelber Abdruck verewigt.

Jede Menge Bücher stehen in dem kleinen Regal. Es sind abgegriffene Ausgaben, die noch einer anderen Ära des Buchdrucks angehören: Thomas Mann, Goethe, Hofmannsthal, Kafka, der schmale Rücken von Büchners *Lenz* lässt mein Herz höherschlagen, Bernhard, auch die Russen sind ordentlich vertreten, wenn man bedenkt, dass es sich hier um eine Bibliothek in einem schwebenden Schuhkarton handelt. Er hat fast alles von Gogol und Dostojewski, Jack London liebt er, den hat er mir zu Hause ein paar Mal zum Einschlafen vorgelesen, aber auch Faulkner, Lowry, Joyce, Melvilles Südseeabenteuer; eine substanzielle, schwergewichtige Auswahl. Und wie still es hier ist. Es ist der beste Platz zum Lesen, den man sich denken kann: Hoch in den Bäumen, weit, weit entfernt, und was die Tiere, die Bäume, der Wind und das Wetter der Stille hinzuzufügen haben, könnte die Lektüre nicht besser bekräftigen. Hans liest, wenn er hier ist, meist nur in Darwins Reisetagebüchern, erzählt er mir und zeigt auf einen dicken Band, der aufgeschlagen neben der Matratze liegt.

Auch die Tierschädel kenne ich aus seinem Atelier. »Kleine Böckchen.« Dem einen ist ein Horn weggebrochen, ob noch zu Lebzeiten oder auf dem Weg hierher? »Den habe ich so gefunden«, sagt Hans. Und dieser riesige Unterkiefer, der muss irgendeinem Urzeitvieh gehört haben, oder? »Ein Elch«, sagt er und greift nach einer Blockflöte. Schon ist er ganz von seinem Flötenspiel absorbiert und ich habe Gelegenheit, mir in aller Ruhe das Foto anzusehen.

Ein einziges Foto hängt, mit einem Nagel an die Holzwand geschlagen, in seinem Haus. Beim Eintreten ist es mir sofort ins Auge gestochen.

Auf dem Foto sieht man Hans, wenig jünger als jetzt, mit Seemannskappe und Matrosenhemd achtern an der Reling eines großen Schiffes stehen. Er hat eine Pfeife im Mundwinkel, in seinem Rücken wölbt sich die bleierne Himmelsmaterie dem Schiff entgegen. Eine weiße Fahne weht steif im Wind, und dieser Wind hat das Haar der Frau, die Hans im Arm hält, derart aufgebracht, dass man zwischen den peitschenden Strähnen hindurch nur ihre untere Gesichtshälfte, nur ihr

Lachen sehen kann. Dieses Lachen aber reicht völlig aus, um zu erkennen, dass es sich um eine sehr schöne Frau gehandelt haben muss, die Hans auf diesem Schiff an seiner Seite hatte.

Tausend Fragen gibt das zerknickte Foto mir auf: Wer ist das? Wann war das? Wie heißt sie? Warum ist es mit euch zu Ende gegangen? Ist es überhaupt zu Ende zwischen euch? All diese dummen Spekulationen überlagern jeden klaren Gedanken, sie machen mich nervös. Ich habe überhaupt keinen Hunger mehr. Mir ist sogar ein bisschen schlecht.

»Ist das deine Schwester?«

Es rutscht einfach so raus. Ich habe mich wirklich bemüht, die Klappe zu halten, und weiß, noch während ich es ausspreche, dass ich etwas Schlimmes angerichtet habe. Das Flötenspiel bricht ab.

»Nein«, sagt Hans ohne aufzuschauen, und alle Freude, die ich ihm eben noch mit meiner naiven Fragerei über das Baumhaus entlockt habe, rieselt jetzt in ihn zurück. Es bleibt eine steinerne Maske.

Alles, was ich im Folgenden tue oder sage, wird mit Ignoranz gestraft. Ich versuche das Thema zu wechseln, indem ich hilflose Fragen stelle: »Wolltest du mir dieses Baumhaus zeigen? Was ist eigentlich deine Lieblingsfarbe? Wo hast du denn diese ganzen Fischkonserven her?« Ich versuche es auf die alberne Tour, indem ich mit krächzender Stimme, die dem Original verblüffend nahe kommt, Charlies Fanta-Song singe. Nichts.

Ich beuge mich vor und biete ihm meinen Mund zum Küssen an. Nichts.

Er guckt mich nicht einmal an, sondern zündet sich die Pfeife an, setzt die Seemannskappe auf und vertieft sich in ein Vogelbestimmungsbuch.

Du altes Schwein!, denke ich, nicht mit mir! Ich habe überhaupt keine Lust mehr, so umsichtig und diskret zu sein. Du kannst ruhig mal den Mund aufmachen! Aus dem Augenwinkel sehe ich die Fischkonserven. Meine Hände kribbeln. Ich finde ihn total bescheuert in seiner altklugen Sturheit, wie er da jetzt selbstgefällig sitzt und wie ein Urmensch an seiner Pfeife lutscht. Nichts darf man ihn fragen, gar nichts! Die Fischkonserve liegt kühl und hart in meiner Hand.

»Du altes Schwein!«

Hans dreht sich jetzt zu mir um.

»Was hast du gesagt?«, fragt er und sieht mich in seinem Baumhaus stehen, zitternd und gespannt, die Dose in der Hand, das Gesicht zerhackt von Wald und Wut, bereit, ihm ein zweites Veilchen zu verpassen.

Und das ist wirklich gemein: Gerade als ich mich entschließe, die Dose in jedem Fall nach ihm zu werfen, beginnt Hans zu lachen, richtig heftig zu lachen, sodass ihm Tränen kommen, und dieses ehrliche Lachen wirkt sofort befriedend, es tauscht den Ärger von einer Sekunde auf die nächste gegen eine entwaffnende Zärtlichkeit ein. Weil ich aber schon Schwung geholt habe, rutscht die Dose trotzdem aus meiner Hand, verfehlt Hans und eiert in einem schlaffen Bogen auf das ohnehin schon versehrte Geweih des Springbocks zu. Das zweite Horn bricht. Der Schädel rumst gegen die Wand. Das Baumhaus schaukelt ein bisschen.

Bevor es dunkel wird, knie ich mich vor das quadratische Guckloch. Sanft behügeltes Weideland beginnt da, wo die Baumreihen enden. Die Sonne hat es eilig mit dem Untergehen. Man kann dabei zusehen, wie sie hinter einem pelzigen Grashügel absackt. Einsame Obstbäume werfen ihre langen Schatten nach uns aus. Von der Gestalt, die uns gefolgt ist, keine Spur. Sie hält sich sicher versteckt.

»Schau dir das gut an«, sagt Hans ganz dicht an meinem Ohr. »Du siehst die Sonne heute zum letzten Mal untergehen«, und legt seine Hand behutsam in meinen Nacken.

»Du willst mich umbringen, stimmt's?«, frage ich.

»Ja, aber das Gute daran ist, dass du dir aussuchen darfst, wie.«

»Welche Optionen gibt es?«

»Erwürgen, erschlagen, erstechen.«

Ach, das ist leicht: erschlagen. Das stelle ich mir wirklich am angenehmsten vor. Ein großer Knall und das Licht geht aus. Peng! Und Ruhe! Hans ist über meine Wahl enttäuscht. Er hätte mich viel lieber erwürgt.

HANS: Erschlagen, das ist viel zu roh und passt auch gar nicht zu dir. Aber gut, es ist deine Entscheidung.

ICH: Warum willst du mich eigentlich ermorden?

HANS: Ich will dir nur helfen. Es ist besser so.

ICH: Aber ich hänge sehr am Leben. Ich bin noch nicht so weit.

HANS: Nein! Das redest du dir jetzt nur ein, weil du Angst hast. Du achtest das Leben nicht, deshalb kannst du auch gleich sterben.

ICH: Woher willst du das wissen!

HANS: Dein Verhalten eben gerade war das beste Beispiel. Anstatt hier schön mit mir im Baumhaus zu sitzen und Fisch zu essen, willst du nur in altem Schleim rumrühren.

ICH: Weil es mich interessierst. Ich bin überhaupt nicht lebensmüde.

HANS: Leider beweist es genau das Gegenteil. Du beschäftigst dich lieber mit der Vergangenheit, du bist gar nicht richtig anwesend, weil du ständig in den alten Geschichten rumwühlst. Da verpasst man alles. Da kann man ruhig notgeschlachtet werden.

ICH: Aber du hast das Foto doch hier aufgehängt.

HANS: Ja!

ICH: Dann ist es ja wohl eine Erinnerung, die dir wichtig ist.

HANS: Nein, es ist einfach ein Foto, das an der Wand hängt.

ICH: Nur weil ich gerne die Geschichte dazu wissen will, heißt das doch nicht, dass ich nicht gerne hier mit dir zusammen bin.

HANS: Doch! Das ist es ja eben! Du verpasst das Beste, weil du dich so sehr an der Vergangenheit festklammerst.

ICH: Du bist anmaßend!

HANS: Ich habe das in den letzten Tagen genau studiert. *Pause.* Du machst dir die ganze Zeit Sorgen. Da ist es besser, wir bringen die Sache gleich zu Ende.

ICH: Aber ich bin mit dir hierhergekommen, und jetzt gerade schaue ich mir diesen Sonnenuntergang an, ohne an irgendetwas anderes zu denken.

HANS: Deine Fortschritte sind zu klein.

ICH: Kann ich dir denn irgendwie beweisen, dass ich gerne am Leben bin?

HANS: Ja.

ICH: Dann sag's mir! Wie?

HANS *lacht*: Da musst du schon selbst draufkommen.

ICH halte HANS die Hand hin: Abgemacht.

WIR schlagen ein.

Bloß die alleräußerste Kante der großen goldenen Münze glänzt noch am Horizont, eins, ein letztes Glimmen, zwei, da ist sie weg.

Mir bleiben keine 24 Stunden.

In meiner wahrscheinlich letzten Nacht auf dieser Erde geht ein Ruck durch das Haus. Ein Ruck und ich sitze aufrecht.

Kein wirrer Traum: Die Bücher zittern, das Messer schwingt an der Wand, die ganze Konstruktion ist in Bewegung. Wie ein Schiff auf hoher See wiegt der Baum das Häuschen im Wipfel. Die Latten quietschen und knarren. Von der Erde tönt ein lautes Getrampel. Wildschweine, denke ich und lege mich zurück.

Es muss eine Gruppe beleibter Eber sein, die dort unten die struppigen Hintern genussvoll am letzten Baum des Waldes schubbert, sodass der Stamm durch das gierige Drücken und Reiben ins Taumeln geraten ist. Jetzt ziehen sie donnernd davon, zurück in den Wald, auf ihrer Nachtfahrt. Ein letztes Grummeln in der Ferne, dann ist es wieder still. Das Häuschen pendelt sanft zurück in seinen festen Stand. Ich drehe mich auf den Bauch, spüre sofort Hans' warme Hand auf meinem Hintern, und während ich einschlafe und kaum noch weiß, wo ich bin und wer, mischt sich ein Winseln in den anbrechenden Traum, das mir sehr vertraut ist.

Was also tun, um meine Ermordung zu verhindern? Hans reicht mir eine zerbeulte Campingtasse mit Kaffee.

»Gibst du mir noch einen Tipp?«

Er nimmt einen Schluck aus seiner Thunfischdose.

Bevor wir aufbrechen, hat er ein kleines Feuer an der Waldgrenze gemacht. Im Tageslicht haben die Flammen ein ganz anderes Temperament als in der Nacht. Ihre wabernde blaue Hitze wirkt jetzt weitaus trickreicher. Hans streckt den Arm aus und zieht ihn langsam durchs Feuer. Es stinkt sofort. Wo an seinem Unterarm eben noch blonde Härchen glänzten, ist die Haut jetzt ebenmäßig braun.

»Es wird doch nicht auf derart belanglose Mutproben hinauslaufen?«, frage ich.

Hans schüttelt den Kopf.

»Nein! So einfach ist es nicht. Du musst mich überzeugen, dass du es verdienst, am Leben zu sein. Das richtige Wort, die richtige Geste, und du bist frei.«

Er legt die Hand an meine Wange und küsst mich. Seine Nase ist ganz heiß vom Feuer.

»Aber du liebst mich doch!«

»Ja, genau deswegen«, sagt Hans und stellt sich heroisch auf.

Da marschiert Charlie, hinter einem anderen, größeren Jungen hinterher, an uns vorbei. Die Haare des größeren Jungen sind zu einem Pferdeschwanz zusammengebunden. Beide tragen einen Ranzen auf dem Rücken. Sie müssen auf dem Schulweg sein.

Charlie krächzt nur kurz »Hallo!« in unsere Richtung und beeilt sich dann, den großen Schritten des Zopfträgers nachzukommen. Der ist sichtlich darum bemüht, Charlie abzuschütteln, seine Miene ist vollkommen ausdrucklos, sie gibt weniger preis als jedes schlafende Gesicht.

»Hast du denn wirklich gar nichts davon mitgekriegt?«, fragt Charlie flehend. »Alles hat gewackelt. Das war ein Erdbeben, haben sie heute Morgen im Radio gesagt.«

Der Zopfträger läuft Charlie unverändert gleichgültig voraus. Auch als Charlie hochspringt und ihm am Pferdeschwanz zieht, verändert sich nichts an seinem gedankenlosen Ausdruck. Die beiden biegen nach rechts ab und laufen schnurstracks an der Baumgrenze entlang. Sie scheren nie so weit aus, dass sie einen Fuß auf das Weideland setzen, und verschwinden schließlich hinter dem Hügel.

Ich habe eine Idee.

Das Gras auf dem Weideland ist viel höher, als es von oben aussieht. Knietief versinkt man bei jedem Schritt darin. Piksende Halme verirren sich in meine Jeans. Hier wachsen keine

Blumen, allein diese Gräser, die robust, stammhaft aufragen. Bricht man sie durch, schält sich ein hölzernes Skelett aus dem grünen Mantel hervor. Als wären sie ein Modell des Waldes, den wir hinter uns gelassen haben, wächst den Halmen eine bauschige Krone aus dem Hals, die sich anfühlt wie Gummi.

Wir gehen die sieben Obstbäume ab, die sich in der Nähe der Waldgrenze verteilen. Hans hilft mir ins Geäst, ich werfe ihm Äpfel und Birnen zu. Ich muss mich zusammenreißen, nicht einen Apfel nach dem anderen zu essen, denn sie schmecken so frisch, fast zitronig, sie sind genau nach meinem Geschmack. Die Birnen hingegen sind viel zu reif. Schon beim Reinbeißen fallen sie zu zuckrigem Sand zusammen, dafür braucht man nicht einmal Zähne, es reicht, sie behutsam mit den Lippen zu drücken, und schon ergießt sich der süße Saft unkontrollierbar über das Kinn, läuft den Hals hinab und fließt, ist man nicht schnell genug, in den Kragen über die Brust und sammelt sich im Bauchnabel. Ich bleibe stehen, um mir den Mund abzutrocknen. Hinter mir raschelt es im Gras.

In gewohnter Zweifarbigkeit blicken ihre Augen zu mir her. Füchschen steht gut zehn Meter weit von mir entfernt im hohen Gras. Sie wedelt mit dem Schwanz, stößt ein Stück vor, springt dann wieder zurück und winselt leise. Ich klopfe mir auf die Schenkel, winke sie heran. Aber sie kann keinen Schritt näher kommen. Als hätte jemand eine unsichtbare Glastür direkt vor ihrer Nase geschlossen, gibt es plötzlich eine Grenze zwischen uns, die Füchschen nicht übertreten kann.

»Du brauchst nicht versuchen, abzuhauen«, ruft Hans aus der Ferne. »Ich finde dich hier überall!«

Ich habe mich nur ganz kurz umgedreht, aber als ich jetzt eiligen Schrittes auf Füchschen zulaufe, ist sie im Gras versunken, ich stehe da, wo sie mir ganz sicher eben noch entgegengeblickt hat, aber zwischen den Gräsern ist kein blaues und kein grünes Auge mehr zu sehen, nur eine kleine Mulde ist noch einen Moment lang ins Gras gedrückt, dann beginnen die Halme sich knisternd aufzurichten und ein sanfter Windstoß kämmt dem Gras alle Spuren aus.

Schon auf dem ersten Anstieg wächst das Gras flacher, wird zum höchsten Punkt des Hügels hin immer weniger, und als wir von dort in die nächste Senke laufen, kitzelt kein Halm mehr die Waden. Platt getreten und zerwühlt schmiegt sich das kurze Gras an den Grund. Kein Apfelbaum mehr weit und breit. Das Land wird trockener, karger.

Hans pfeift das Fanta-Lied. Er hat sich einen Stock aus dem Birnbaum gebrochen und stößt ihn im Rhythmus seiner Schritte ins Gras. Die Seemannskappe wirft einen halbmondförmigen Schatten auf seine Stirn.

Ich soll ihm jetzt vorausgehen, obwohl ich nicht weiß, wohin es geht. Nichts ist in Sicht. Nur weites karges Land.

Und wir laufen, den Hügel runter, den Hügel rauf, den Hügel runter, die Luft riecht schon nach kälteren Tagen, bis Hans sagt: »Guck mal, da, der Waschbär!« Eine kleine Zorromaske taucht hinter der nächsten Anhöhe hervor. Die Silhouette des Waschbären wabert nervös am Horizont, der Kopf, die Ohren. Ich kriege Lust, ihn zu fangen. Nicht weglaufen, kleiner Zorro! Der Waschbär stellt sich auf die Hinterbeine und fährt mit den Krallen durch die Luft, als ich auf ihn zuzurennen beginne. Wo sollte er sich hier auch verstecken? Im flachen Gras? Er müsste im Erdboden verschwinden. Aber Zorro denkt gar nicht daran, vor mir zu fliehen. Er sinkt auf alle viere nieder und rennt jetzt den Hügel hinab, direkt auf mich zu, ein zitterndes graues Fellknäuel. Die hektische Schrittfolge der kurzen Beinchen deutet unmissverständlich auf eine Flucht hin, nur dass der Waschbär eben nicht flieht, sondern sich der Gefahr direkt in die Arme stürzt. Unbeirrt hält die Zorromaske auf mich zu, und kurz bevor es zu einem Zusammenprall kommt, er hat bergab ordentlich Fahrt aufgenommen, dreht er ab und hetzt den Hügel in eine andere Richtung wieder hinauf. Im selben Moment quellen dort, von wo er kam, noch mehr Waschbären hinter dem Hügel hervor. Eine geschlossene Pelzdecke bahnt sich ihren Weg über das Gras, einzelne Waschbärindividuen sind in der Masse, die da heranrollt, nicht mehr auszumachen. Ihre Schritte vereinigen sich zu einem elektrischen Knistern auf dem trockenen Gras.

Die Waschbärenhorde rollt auf uns zu, kein Anzeichen dafür, den Kurs zu ändern, sie erreichen Hans und mich, und wir stehen still, ich habe die Hand fest auf die Lippen gedrückt, um nicht zu kreischen, denn das kitzelt, wie die Waschbären ihre flauschigen Leiber an meinen Waden vorbeidrängen, es kommt von unten sogar ein bisschen Wind auf. Hans und ich, wir teilen den Sturm, lassen ihn uns zu Füßen vorüberziehen. Für einen Augenblick ist das elektrische Knistern ohrenbetäubend, und erst hier, mittendrin, überall Waschbären, wird mir klar, dass es nicht ihre Krallen sind, die solch einen Lärm verbreiten, es sind ihre Stimmen:

»Haut ab! Kehrt um! Ihr habt hier nichts verloren, in unserer Landschaft!«

Die Horde ist längst über alle Berge, da taucht der flüchtige Einzelgänger noch einmal auf. Er rührt sich nicht, obwohl wir ihm auf der Hügelkuppe jetzt Auge in Auge entgegentreten. Ich krame einen Apfel aus dem Rucksack und lege ihn behutsam zwischen uns ins Gras. Der Waschbär streckt seine Kralle aus und schaut mich freundlich an. Dann springt er vor, beißt mir in die Wade und rennt mit dem Apfel, die gestreifte Rute schwenkend, hinab ins neblige Tal.

Es geht steiler bergab, und auch der Grund hat sich auf dem Scheitel des Hügels wieder gewandelt. Die Vegetation wird von einem fein gehauenen, trockenen Geröll verdrängt. Hans schlittert ein Stück den Abhang hinunter und streckt dann seine Hand nach mir aus.

Der Nebel ist so dicht, dass man sich sofort darin gefangen fühlt. Ich habe keinen Schimmer, wie tief es ins Tal hinabgeht. Wir balancieren mit gebremsten Schritten. »Vorsicht!«, ruft Hans und reißt mich zur Seite. Ich verliere das Gleichgewicht, stürze ... aber da hat er mich schon am Hosenbund gepackt. Keine zehn Zentimeter neben meinem Schuh klafft ein Krater in der Erde, aus dem es blubbert und dampft. Brandheiß steigt der Dampf in unsere Gesichter. Das Bedürfnis, den Hang wieder hinaufzuklettern, kommt meiner Zunge gefährlich nahe.

Lass uns umkehren, Hans!

Ich schlucke.

Sanft schiebt er mich weiter. Es blubbert und quatscht aus allen Richtungen. Mein ganzer Geist pocht in den Beinen. Unzuverlässig wie selten zuvor stolpern sie über das Geröll. Bei jeder Bewegung rechne ich damit, zu fallen. So gut ich es auch versuche, Hans' Schrittfolge nachzuahmen, das Gefühl, die Erde sei in Bewegung, ja diese Löcher, von denen immer mehr aufreißen, wanderten einem vorsätzlich in die Quere, werde ich nicht los.

Hans quetscht meine Hand so fest, dass mein kleiner Finger schon gefühllos ist. Aber das ist gut so. Ließe er los ... Entschlossen führt er mich hinab. Seine Schritte sind sicher.

Es wird heller und heller. Nicht nur, dass Hans jetzt wieder scharf gezeichnet vor mir hergeht, sogar die Fusseln auf der blauen Seemannskappe sind klar und deutlich zu erkennen, ich kann ihm jetzt sogar vorausblicken. Der Hang flacht ab. Er mündet in einer Geröllebene, durch die brodelnd ein weißer Fluss mäandert. Es ist der Fluss, von dem der Nebel aufsteigt. Er ist es, der die dichte Wolkenglocke über das Tal gestülpt hat und es so schwer zugänglich macht.

Kein Schleier mehr hier unten. Wir befinden uns an einem klar konturierten taghellen Ort. Auch hier blubbern die Krater.

»Weißt du, was das ist?«, fragt Hans.

Ich schüttele den Kopf.

»Erdwärme. Es muss hier ganz in der Nähe mal einen Vulkan gegeben haben.«

Ich begnüge mich mit einem Stirnrunzeln. Kann ein Vulkan denn einfach so verschwinden?

Am Ufer des Flusses putzen blaue Hühner ihr Gefieder. »Purpurhühner«, erklärt mir Hans.

Ein Seidenreiher durchbricht über unseren Köpfen den Nebel, gleitet über die weiße Strömung des Flusses und tippt mit den Füßen gegen das Wasser, um die Beine dann kreischend wieder an sich zu reißen. Mit zwei entschiedenen Flügelschlägen hebt er sich ans andere Ufer. Den Purpurhühnern gegenüber nimmt er Platz.

Keiner der Vögel scheint sich durch unsere Anwesenheit auch nur im Geringsten gestört zu fühlen.

Hans hat seine Stiefel in der rechten Hand zusammengeklaubt. »Du musst schnell gehen. Es ist ziemlich heiß!«, sagt er und tut den ersten Schritt ins Wasser. Der Fluß ist keine drei Meter breit, nur bis zum Knie verschwinden seine Beine in der dampfenden Milch. Eilig wühlt er sich hinüber. Er befindet sich schon zappelnd neben dem Seidenreiher, als auch ich ins Wasser wate.

Das Wasser ist so heiß, dass bei den ersten Schritten eine temperaturlose Verwirrung in den Füßen herrscht. Ein Signal reißt aus Richtung Hirn, hat jedoch in aller Eile vergessen mitzusenden, ob es sich vorzusehen gilt, weil das Wasser viel zu kalt ist oder viel zu heiß; allein die Meldung, man habe es mit etwas Radikalem da unten zu tun, dockt an. Mir gelingt es trotzdem, die Ruhe zu bewahren. Waren meine Beine eben auf dem Abstieg noch ängstlich, bewegen sie sich nun sicher durchs Wasser. Auch als die Hitze, als solche erkannt, zupackt, gerate ich nicht in Panik.

»Damit hast du dich aber noch nicht gerettet«, sagt Hans anerkennend und will mir an Land helfen, was ich ablehne. Das schaffe ich allein.

Gegenüber hält ein Purpurhuhn jetzt einen Fisch in der vierzackigen Kralle. Das orangefarbene Fischlein zappelt kein bisschen im Zangengriff des Jägers. Und doch verändert sich der Fisch. Je länger er an der Luft ist, desto greller färbt er sich. Im Rhythmus seines Herzschlags nimmt das Orange die Qualität einer Leuchtschrift an, die auf und ab blinkt.

Meine Waden sind gerötet von der Hitze des Wassers. Wir sitzen auf warmem Geröll am Ufer und schauen in den weißen Fluß. Trägheit übermannt mich. Aber ich will jetzt auf keinen Fall einschlafen. An meinem wahrscheinlich letzten Tag auf dieser Erde will ich nichts verpassen.

Der Waschbär hat seine Zähne tief in meine Wade gerammt. Sein Biss blutet zwar kaum, brennt dafür aber umso mehr. Nicht an der Oberfläche, sondern viel tiefer im Fleisch, nahe dem Knochen.

»Tut's weh?«, fragt Hans. Ich schüttele den Kopf. Dem eigenen Mörder verrät man seine Wunden besser nicht.

»Ich komme gern hierher«, beginnt Hans. »Hier kann ich gut malen. Ich mag die langen Tage, wenn ich unterwegs bin und nach Motiven Ausschau halte. Ich liebe die Nächte oben im Baumhaus. Ich liebe das Schweigen der Landschaft und ihre plötzliche Wut.

Die Abende mit Charlie am Feuer sind schön. Er ist ein schlauer Junge. Er schenkt mir Seile und Nüsse. Manchmal bringe ich ihm Spezi mit.

Ich weiß, dass ich Glück habe. Ich bin ein gesunder Mensch und meine Sinne sind scharf. Ich fürchte nichts und vermisse niemand, wenn ich allein hier draußen bin.

Aber es gibt Menschen, die ich liebe: Das Mädchen auf dem Foto habe ich sehr geliebt. Du hast gefragt, wer sie ist, aber das wusstest du wohl schon beim Eintreten.

Für dich ist es normal, dich ständig zu erinnern, du machst auch vor den traurigsten Geschichten nicht halt. Als wir uns kennenlernten, war mir deine Neugier ein Rätsel. Warum muss sie das denn alles wissen, wenn wir doch hier zusammensitzen und es gut haben?, habe ich mich gefragt, und keine Antwort wollte mir einfallen.

Jetzt verstehe ich dich besser.

Und es gibt wohl wirklich zwei Sorten von Menschen: Die eine Sorte lebt in engem Bündnis mit der Vergangenheit, und für die andere spielt sie keine Rolle. Ich gehöre zu der letzteren. Ich erinnere mich selten. Und es ist keine Lüge, wenn ich dir sage, dass ich viel vergesse, sehr viel sogar.

Aber die traurigste Geschichte, und sie ist es wohl, die du hören willst, die habe ich natürlich nicht vergessen.

Denn ja, ein paar Jahre bin ich zur See gefahren. Und meine Liebe, die du auf dem Foto gesehen hast, habe ich nur auf eine einzige Fahrt mit an Bord genommen.

Die See war klar, man erwartete sachte Südwinde und ein stabiles Wetter. Und niemand hätte voraussehen können, selbst der Kapitän nicht, dass ein solches Unwetter auf uns zusteuerte. Uns blieb keine Zeit, etwas abzusichern. Das Gewitter war da, noch ehe wir in die Schuhe schlüpfen konnten, der Sturm rammte den Bug wie ein Walfisch und in der ganzen Aufregung, wir waren tausend Hände zu wenig, um diesem gewaltigen Gegner gleichzukommen, habe ich mein Mädchen einen Moment lang aus den Augen gelassen. Sie bestand darauf, mit mir an Deck zu kommen, und klammerte sich an einen Mast. Ich weiß, dass sie ruhig war und zuversichtlich, obwohl das Wasser alles dafür tat, unser Schiff zum Bersten zu bringen. Die Wellen stiegen höher, man konnte kaum den Himmel sehen, so wild entschlossen hatten sie das Schiff umstellt. Und ich habe bloß einen Moment nicht aufgepasst, eben hat sie mir noch im Schwarzlicht eines Blitzes zugewunken, das Gesicht ganz nass, lächelnd, als hätte sie Spaß dabei, als wäre dieser Angriff ein kalkulierbares Abenteuer, so eine war sie, schrecklich übermütig, niemals ängstlich, und ich habe bloß ein Rettungsboot losgetäut, und als ich dann zu ihr hinsah, war sie verschwunden. Es dauerte keine Minute, bis das Gewitter davonzog und das Meer sich beruhigte. Ein friedlicher Nachtwind schaukelte das Schiff. Aber mein Mädchen war nicht mehr zu finden, nicht an Bord, nicht im Wasser, sie war einfach weg.

Das alles ist jetzt ein paar Jahre her. Es ging mir schlecht, aber jetzt geht es mir gut. Den Glauben in die Natur kann mir niemand nehmen. Gerade ihre Unwägbarkeiten sind Zeichen ihrer Kraft.

Mein ganzes Interesse ist auf den Augenblick gerichtet. Ich blicke in die Landschaft und will sie wirklich sehen. Ich mache mich durchlässig und formuliere, was mich erreicht, in Farbe.

Siehst du die Purpurhühner auf den Steinen hocken? Das Wasser? Den Biss in deiner Wade? Dein trauriges Gesicht? Das alles gehört für mich zusammen. Es verbindet sich zu einem Gefühl. Mit diesem Gefühl bewege ich den Pinsel und fehle und treffe und nähere mich an. Und auch, wenn ich weiß, dass *das* da«, er streckt die Hand aus und weist in die Ferne, »nicht zu fassen ist, ist es doch das Sinnvollste, was ich tun kann. Und du, meine Edda, du musst nicht traurig sein und auch nicht ängstlich. Bevor du stirbst, sollst du noch etwas Schönes sehen.«

Während er geredet hat, hat Hans nicht einmal zu mir rübergeschaut. Er tut es jetzt und wirkt ganz erstaunt, als wäre ihm erst bei meinem Anblick eingefallen, dass das eben gar kein Selbstgespräch gewesen ist, sondern dass seine Worte an jemanden gerichtet waren, dass sie an mich gerichtet waren.

Das Seil, mit dem Hans uns für den Aufstieg aus dem Tal verbindet, ist zehn Mal dicker als Oskars Bindfaden. Wir machen eine kurze Fallprobe, bei der sich jeder einmal stürzen lässt, damit der andere ihn auffängt. Ich muss beide Beine fest gegen den Boden stemmen, damit ich nicht vornüberkippe, als Hans an der Reihe ist. Aber ich schaffe es, ihn zu halten. Mir gelingt das sogar sehr gut.

»Auf dieser Seite des Tales gibt es weniger Löcher, dafür ist der Aufstieg ein bisschen steiler«, sagt er und tritt in den Nebel. Ich sehe ihm dabei zu, wie er verschwimmt. Seine Geschichte trage ich bei mir wie einen Schatz. Ich weiß, was es bedeutet, dass er sie mir anvertraut hat.

Durch unsere Verbindung mit dem Seil müssen wir beide sehr genau aufeinander achtgeben. Wir müssen uns auf eine Geschwindigkeit einigen und auf einen Rhythmus auch.

Während ich Hans hinterherlaufe, viel weniger stolpernd als beim Abstieg, ich habe mich an den Grund gewöhnt, auch die kurzen Stücke, bei denen man die Arme gebrauchen muss, um sich hochzuziehen, fallen mir immer leichter, beginnt ein unbekannter Trompeter, der betrunken sein muss, ein Lied zu spielen.

Welches es ist? Schwer zu sagen.

Aus welcher Richtung es kommt? Von unten.

Aus der Erde? Aus der Erde!

Ich höre Hans lachen und muss mich sehr zusammenreißen, denn wer lacht, der kann nicht klettern, das merke ich schnell. Aber der Trompeter kennt kein Erbarmen. Er bearbeitet sein Instrument derart laut und martialisch, dass ich mir einen besoffenen Riesen vorstelle, der bei einem Festtagszug unachtsam in ein Blubberloch getreten und ganz eingebrochen ist, und der jetzt, im Magma schmorend, von dort unten versucht, Kontakt mit seiner Kapelle aufzunehmen.

Hans bleibt nicht stehen, und ob ich will oder nicht, auch ich muss weiterlaufen. Das Tröten des Riesen bricht nicht ab, es wird nicht leiser, nicht melodischer, auch eindeutiger nicht, aber ich erkenne jetzt doch, um welches Lied es sich handelt. Und ich muss das Anliegen des Riesen korrigieren. Denn er trompetet eindeutig nicht nach seiner Kapelle. Der Arme muss sich aus Liebeskummer betrunken haben und ist vielleicht sogar freiwillig ins Magma gehüpft. Denn wie schlimm er die schiefen Töne auch durchs Blech jagt, nichts kann darüber hinwegtäuschen, dass der Riese dort unten voller Liebesschmerz *The Girl from Ipanema* trompetet. Und irgendwo dort draußen im Nebel haucht eine Stimme das Finale des Songs.

Hier lenkt nichts ab. Die Lavawüste breitet sich eben und schwarz vor uns aus. Das Land ist nichts als ein dunkler Strich unterm Himmel. Gemäßigten Schrittes laufen wir direkt auf die Wolken zu, die vielköpfig und unverbunden von Ost nach West ziehen. So viel ist mir inzwischen klar, dass es an der Form der Wolken liegt, wie nah der Himmel rückt. Je kleiner und konturloser sie sind, desto entlegener wirkt der ganze

Himmel. Aber auch der Wind ist entscheidend. Denn dieses langsame stetige Fahren über die wasserklare Himmelsbahn, wie es die Wolken da vorne treiben, hinterlässt den Eindruck, sie könnten jederzeit ihren Kurs ändern, um direkt auf uns zuzufahren.

Es sind wohlproportionierte Wolkentürme, in kräftigem Weiß, mit denen wir es auf diesem Abschnitt der Strecke zu tun haben.

Hatte ich eine Weile angenommen, wir würden uns in den Kern dieser Landschaft hineinbewegen, sieht es jetzt so aus, als wollte Hans mir die schwarze Kante der Erde zeigen. Denn hier ist nichts mehr außer tiefschwarzem Gestein, und irgendwo dort hinten muss der Absturz sein.

Ein Steinchen springt meinem Fuß voraus, es rollt, rollt, hüpft, wirbelt aschigen Staub auf, wo es in den Stand kreiselt. Keine Ecke, keine Kante hat das Steinchen, luftdurchlöchert schmiegt es sich in meine Hand. Es muss wild gesprudelt haben, als ihm die Hitze ausging und es bläschenschlagend erstarrte. Diagonal durchschossen verfügt das Steinchen in seiner festen Form über ein interessantes Guckloch:

Da ist ein Kinn.
Ein Nasenflügel.
Da winkt der Stock.
Da ist ein Stein.
Ein Fuß.
Ein Finger.
Haut.
Und Weiß.
Und Blau.
Und Schwarz,
nein: Rot.

Die Nachmittagssonne passt nicht ganz in den Ausschnitt hinein. Sie entledigt sich gerade einer Wolke und breitet sich fett und heiß über uns aus. Diagonale Lichtstrahlen entzünden die Lavawüste. Das schwarze Land flammt rot auf.

Und es besteht kein Zweifel: Da vorne bricht die Fläche ab. Da kann nichts mehr kommen.

»Jetzt!«, sagt Hans. »Jetzt!«

Jetzt geht es in die Tiefe.

Ich lasse den Lavastein aus meiner Hand gleiten und beobachte ihn beim freien Fall. Nur ein kurzes Stück fliegt er, dann stößt er an, und das Geräusch des Aufpralls tönt mehrstimmig zurück von allen Kanten und Kieseln, vermengt sich mit dem Echo des nächsten Aufpralls, des übernächsten, denn das Steinchen hüpft heiter, peng!, ändert die Schusslinie, peng!, und es hallt wider und wider, auch dann noch, als das Steinchen längst auf dem Grund des Steinbruchs zur Ruhe gekommen ist.

So etwas Schönes habe ich noch nicht gesehen.

Der Abgrund hinter der Lavawüste geht keineswegs ins Bodenlose, er führt über ein sanftes Serpentinenrondell an den gewaltigen Sprengkanten entlang direkt zum Wasser.

Genau in der Mitte des Steinbruchs reflektiert ein glasglatter See den Wolkenzug am Himmel. Wie ein grüner Ring hat sich das Gras rundherum von der Wasserlinie bis in die äußersten Winkel der glatt gesprengten Ebene vorgekämpft. Ein unverschmutztes Grün verbirgt sich da unten inmitten der scharfkantigen Felsen, die keinen Schatten spenden und keinen Schutz, die alles und jeden, der sich am Tage in ihr ausgeschlachtetes Innerstes wagt, schonungslos der Sonne ausliefern.

Weil es Abend wird, ist es nicht heiß. Und doch empfängt uns eine gestandene Wärme, als wir Runde um Runde in den Kessel hinabsteigen, als wir immer kleiner werden zwischen den Steinen.

Wir gehen vorüber an schlafenden Fledermäusen, die kopfüber in ihren Höhlen hängen. Wir gehen vorüber an Steinen. Wir gehen vorüber am Skelett eines winzigen Vogels, der den Abdruck seiner Gebeine fest verschlossen in der Erde hinterlassen hat und niemals ahnen konnte, dass er eines Tages, Jahrzehnte, wenn nicht Jahrhunderte später, von einem Sprengsatz zurück ans Tageslicht befördert würde.

Wir gehen vorüber an verrosteten Metallstangen, die Patina blättert. Wir gehen vorüber an Steinen. Wir gehen vorüber an Schutt. Wir gehen und gehen, während die Sonne ihren Winkel nach unten justiert. Noch ist es nicht so weit, dass sie einen Schatten auf die runde Grünfläche, geschweige denn ins Wasser, kriechen lässt. Perfekt ausgeleuchtet empfängt uns der Wald. Denn das konnte ich unmöglich aus der Entfernung erkennen, dass um den See nicht etwa Gras wächst, sondern dass es winzige Birken sind.

Wie eine Riesin setze ich meine Schritte durch den Birkenwald, bedacht darauf, so wenig Schaden wie möglich anzurichten, keinem Stämmlein will ich das Genick brechen.

Auch Hans bewegt sich zögerlich. Er tastet sich vor, bleibt stehen und prüft den Stand der Sonne. Kein Vogel am Firmament, keine Fledermaus, es ist ein ruhiger Abend.

Hans lässt den Stock fallen und wendet sich dem See zu.

So klar das Wasser auch ist, auf den Grund können wir nicht blicken. Jede Richtung verliert sich in der konturlosen Schwärze des Kraters. Was für ein Jammer, denn irgendwo dort unten muss der tiefste Punkt des Steinbruchs sein. Schwarz, schwarz, keine Schlucht zu erkennen, kein Fisch, keine Form.

Aber da! Ganz in der Mitte! Da flackert doch etwas, da züngelt eine Flamme – und erlischt.

Die Frage, wie tief es hinter der Wasseroberfläche in die Erde hinabgeht, spreche ich nicht aus. Ich werde mich hüten, die Stille zu stören. Auch wenn Hans längst entschieden hat, dass mein Schweigen auf dem Weg hierher kraftvoll und überzeugend genug gewesen ist, um mich am Leben zu lassen.

Sein Stock ruht. Er lässt alle Hüllen fallen.

Er zieht seine Stiefel aus, die Socken, die Hose, das Hemd, die Unterhose. Jetzt steht er nackt mit dem Rücken zu mir und sammelt sich für den Sprung.

Ich ziehe das T-Shirt über den Kopf. Die Kleider fallen weich in die Birkenwipfel. Als Hans sich zu mir umdreht, habe auch ich mich ausgezogen. Nur die Kette hängt noch um meinen Hals.

Hans' Gesicht ist ernst, seine Augen gütig. Der Schatten, den mein Körper wirft, stößt jetzt an seine Ferse. Als hätte ich ihn geschubst, stürzt Hans kopfüber in den See.

Dort, wo er eintaucht, verändert sich das Wasser. Luftperlen, makellos und fein, platzen auf der eben noch so schweigsamen Oberfläche, dass sie behaglich knistert, dass ihr dichtes Dunkel in ein schwereloses Wolkenweiß umschlägt. Die kleine schäumende Stelle, die Hans in den See gerissen hat, breitet sich aus. Rasant fährt sie auf den Uferkreis zu.

Hans ist schon eine ganze Weile verschwunden, doch die Wasseroberfläche beruhigt sich nicht. Im Gegenteil: jetzt hat die Bewegung schon den ganzen See eingenommen. Jetzt hebt das weiße Knistern den Wasserspiegel an. Jetzt tritt er über die Ufer. Jetzt umspült das Wasser die ersten Birkenreihen. Jetzt steigt es über meine Füße. Jetzt prickelt es. Jetzt.

Foto: Patrick Eicke

Lisa Kreißler

*1983, studierte Theater- und Medienwissenschaften, Psychologie und Nordische Philologie in Erlangen und Uppsala. Nach Abschluss ihres Studiums arbeitete sie in der Bibliothek des Goethe-Instituts Stockholm und als Journalistin in Berlin. 2009 gewann sie den Publikumspreis beim KulturSPIEGEL-Nachwuchsautorenwettbewerb. Seit Oktober 2010 studiert sie am Deutschen Literaturinstitut in Leipzig. 2011 war sie Finalistin des 19. open mike in Berlin.
www.lisakreissler.com

Lisa Kreißler bedankt sich: Bei ihren Freunden Charlie, Alphan, Nora, Lorenz & Yuriy. Bei Florian Glässing. Und bei Peter und Daniel von mairisch für ihr Vertrauen.